EDIÇÕES BESTBOLSO

Segredos do passado

Danielle Steel nasceu em Nova York, em 1947. Seus livros já venderam mais de 500 milhões de exemplares em todo o mundo. Sua obra é best-seller em 47 países, traduzida para mais de 20 idiomas. Publicou o primeiro livro, *O apelo do amor*, em 1973, mas só se tornou um sucesso com *Segredo de uma promessa*, em 1978. É também autora de *O anjo da guarda*, *Entrega especial*, *O anel de noivado*, *Um desconhecido*, *Vale a pena viver*, *Milagre*, entre outros.

DANIELLE STEEL

Segredos do passado

LIVRO VIRA-VIRA 1

Tradução de
ELIANE FRAGA

3ª edição

RIO DE JANEIRO – 2018

CIP-BRASIL. CATALOGAÇÃO NA FONTE
SINDICATO NACIONAL DOS EDITORES DE LIVROS, RJ

S826s
3ª ed.

Steel, Danielle, 1948-
Segredos do passado – Livro vira-vira 1/ Danielle Steel; tradução de
Eliane Fraga. – 3ª ed. – Rio de Janeiro: BestBolso, 2018.
12 × 18cm

Tradução de: Granny Dan
Obras publicadas juntas em sentido contrário
Com: Mergulho no escuro / Danielle Steel; tradução de Geni Hirata. –
Rio de Janeiro: BestBolso, 2011
ISBN 978-85-7799-332-1

1. Romance americano. I. Fraga, Eliane, 1947-. II. Hirata, Geni. III. Título.
IV. Título: Mergulho no escuro.

11-2032

CDD: 813
CDU: 821.111(73)-3

Segredos do passado, de autoria de Danielle Steel.
Título número 237 das Edições BestBolso.
Terceira edição vira-vira impressa em outubro de 2018.
Texto revisado conforme o Acordo Ortográfico da Língua Portuguesa.

Título original norte-americano:
GRANNY DAN

Copyright © 1999 by Danielle Steel.
Copyright da tradução © by Editora Record Ltda.
Direitos de reprodução da tradução cedidos para Edições BestBolso, um selo da Editora
Best Seller Ltda. Editora Record Ltda e Editora Best Seller Ltda são empresas do Grupo
Editorial Record.

A logomarca vira-vira (vira-vira) e o slogan 2 LIVROS EM 1 são marcas registradas e de
propriedade da Editora Best Seller Ltda, parte integrante do Grupo Editorial Record.

www.edicoesbestbolso.com.br

Design de capa: Simone Villas-Boas sobre foto de Birgit Utech intitulada "Ballerina´s Feet"
(Getty Images).

Todos os direitos reservados. Proibida a reprodução, no todo ou em parte, sem autorização
prévia por escrito da editora, sejam quais forem os meios empregados.

Direitos exclusivos de publicação em língua portuguesa para o Brasil em formato bolso
adquiridos pelas Edições BestBolso um selo da Editora Best Seller Ltda. Rua Argentina, 171
– 20921-380 Rio de Janeiro, RJ – Tel.: (21) 2585-2000.

Impresso no Brasil

ISBN 978-85-7799-332-1

*Aos Grandes Amores
e pequenas bailarinas,
cada um lembrado separadamente
e guardado no coração
para sempre.*

*E para Vanessa,
muito especialmente,
criança tão amada
e extraordinária
bailarina.
Que a vida lhe trate com
graça, gentileza e
compaixão.*

*Com todo meu amor,
d.s.*

Prólogo

A caixa chegou numa tarde de neve, duas semanas antes do Natal. Estava muito bem embrulhada, amarrada com barbante, e descansava no degrau da minha porta de entrada quando cheguei em casa com as crianças. Tínhamos parado num parque no caminho para casa, e eu, sentada num banco, observando-os, pensava nela novamente, como fizera constantemente durante a última semana, desde seu funeral. Havia tanto sobre ela que eu nunca soube, coisas que eu só supunha, tantos mistérios para os quais somente ela possuía a chave. Meu maior pesar é não ter perguntado sobre sua vida quando tive a oportunidade, simplesmente deduzindo que não era importante. Afinal, ela era velha, que importância poderia ter? Achava que sabia tudo sobre ela.

Era a avó com olhar mágico que adorava andar de patins comigo, mesmo aos 90 anos, que assava lindos biscoitinhos e falava com as crianças na cidade onde morava como se fossem adultas e a entendessem. Era muito sábia e muito engraçada, e as crianças a amavam. E se insistissem, fazia truques de cartas que as deixavam fascinadas.

Tinha uma voz adorável, tocava balalaica e cantava lindas baladas antigas em russo. Ela sempre parecia estar cantando, ou sussurrando, e sempre estava em movimento. E, até o fim, fora dócil e graciosa, amada por todos e admirada por cada um que a conhecia. A igreja esteve surpreendentemente repleta para uma mulher de 90 anos. Ainda assim, nenhum de nós

7

realmente a conhecera. Nenhum de nós entendera quem ela fora, ou onde, ou o mundo extraordinário de onde viera. Sabíamos que tinha nascido na Rússia, que chegara a Vermont em 1917, e que se casara com meu avô algum tempo depois. Simplesmente supomos que ela sempre estivera ali, fazendo parte de nossas vidas, como sempre fora. Como se faz com relação aos mais velhos, supúnhamos que ela sempre fora velha.

Nenhum de nós realmente sabia algo sobre ela, e o que persistia em minha mente eram as perguntas não respondidas. Tudo o que eu podia me perguntar agora era como nunca pensara em indagá-la. Por que eu nunca havia procurado respostas para as perguntas?

Minha mãe morrera dez anos antes e talvez até ela não tivesse essas respostas, ou não quisesse conhecê-las.

Minha mãe fora muito mais como meu avô, um tipo sério, sensível, uma verdadeira filha da Nova Inglaterra, apesar de meu avô não o ser. Mas, como ele, era uma mulher de poucas palavras e emoções impenetráveis. Pouco a dizer, pouco a saber, e aparentemente desinteressada dos mistérios de outros mundos ou das vidas dos outros. Ia ao supermercado quando havia ofertas especiais de tomates e morangos, era uma pessoa prática, que vivia num mundo material, e pouco se parecia com a mãe. A palavra que melhor descreveria minha mãe é *sólida*, palavra essa que ninguém usaria para descrever a mãe dela, vovó Dan, como eu a chamava.

Vovó Dan era mágica. Parecia ser feita de ar, pó de fada e asas de anjo, todas as coisas mágicas, luminosas e graciosas. As duas mulheres pareciam não ter nada em comum, e era sempre minha avó quem me atraía para ela como um ímã, cujo calor e gentileza tocavam meu coração com incontáveis gestos graciosos. Era vovó Dan quem eu amava mais do que a todos, e de quem sentia uma saudade tão desesperada naquela tarde de neve no parque, pensando no que faria sem ela. Ela morrera dez dias antes, aos 90 anos.

Quando minha mãe morreu, aos 54 anos, lamentei, e sabia que sentiria sua falta. Sentiria falta da estabilidade que ela representava para mim, da confiança, da casa para onde voltar. Meu pai casou-se com sua melhor amiga no ano seguinte, e nem isso me chocou. Ele tinha 65 anos e um coração frágil, e precisava de alguém ali à noite, para fazer o jantar. Connie era sua amiga mais antiga e uma substituta sensata para minha mãe. Não fiquei aborrecida. Entendi. Nunca fui muito ligada à minha mãe. Mas vovó Dan... O mundo tinha perdido um pouco da magia para mim após sua morte. Sabia que nunca mais ouviria seu cantar alegre em russo... A balalaica havia muito tempo desaparecera. Mas com ela fora um tipo especial de alegria. Sabia que meus filhos nunca entenderiam o que tinham perdido. Para eles, ela era apenas uma mulher muito idosa, com olhos bondosos e um sotaque engraçado... Mas eu sabia que não era só isso. Sabia exatamente o que eu havia perdido e nunca teria novamente. Ela era um ser humano extraordinário, uma espécie de alma mística. Uma vez que a conhecêssemos, nunca poderíamos esquecê-la.

O embrulho ficou sobre a mesa da cozinha por muito tempo, enquanto as crianças assistiam à TV e pediam o jantar que eu preparava. Naquela tarde eu fora ao supermercado e comprara os ingredientes para fazer biscoitos de Natal. Tínhamos planejado fazê-los juntos naquela noite, para que eles pudessem levá-los para os professores da escola. Katie preferia fazer bolinhos ingleses, mas Jeff e Matthew haviam concordado em fazer sinos de Natal com confeitos vermelho e verde. Era uma boa noite para isso, pois Jack, meu marido, estava fora da cidade. Ficaria em Chicago por três dias, para reuniões. Ele fora ao funeral comigo na semana anterior e tinha sido cordial e solidário. Sabia o quanto ela significava para mim; porém, como as pessoas fazem, tentara enfatizar que sua vida havia sido boa e longa, e que era razoável que ela passasse para a outra vida agora. Razoável para ele, não para mim. Senti-me frustrada com sua perda, ainda que aos 90 anos.

Mesmo com toda essa idade, ela ainda era bonita. Usava os cabelos longos, lisos e brancos numa trança caída sobre as costas, como sempre tinha feito, e a enrolava num coque arrumado e apertado para as ocasiões importantes. Por toda a vida usou os cabelos assim. Aos meus olhos, ela sempre tivera a mesma aparência. As costas eretas, a figura esbelta, os olhos azuis que dançavam quando me olhavam. Ela fazia os mesmos biscoitos que eu planejara fazer naquela noite, e me mostrara como fazê-los... Mas quando ela os fazia, usava seus patins e, com toda a graça, zanzava pela cozinha zunindo. Ela me fazia rir, e às vezes chorar, com suas maravilhosas histórias sobre bailarinas e príncipes.

Foi ela quem me levou ao balé pela primeira vez. E se houvesse tido a chance, quando criança, teria adorado dançar com ela. Mas não havia uma escola de balé onde nós morávamos, em Vermont, e minha mãe não queria que ela me ensinasse. Ela bem que tentou me ensinar na cozinha, uma ou duas vezes, mas minha mãe achava que era mais importante fazer os deveres do colégio e as tarefas domésticas e ajudar meu pai no estábulo com as duas vacas que possuíamos. Diferentemente de sua mãe, ela não tinha muita extravagância. A dança não fez parte de minha vida quando criança, nem a música. A mágica e o mistério, a graça e a arte, a curiosidade sobre um mundo mais amplo que o meu me foram apresentados pela vovó Dan quando eu me sentava na cozinha e ouvia-a por horas a fio.

Ela sempre usava preto. Parecia ter um suprimento infindável de vestidos pretos puídos e chapéus engraçados. Ela se cuidava, era arrumada e correta nos gestos e na fala, e tinha uma espécie de elegância natural. Mas nunca tivera um guarda-roupa fantástico.

Meu avô morreu quando eu era criança, de uma gripe que se transformou em pneumonia. Certa vez, quando tinha 12 anos, perguntei-lhe se ela o amava, quer dizer... realmente o amava... Ela pareceu surpresa com minha pergunta e, depois, vagarosamente, sorriu para mim, e hesitou por um momento antes de responder.

– É claro que sim – disse ela com o suave sotaque russo. – Ele era bom para mim. Era um homem agradável.

Não era exatamente isso o que eu queria saber. Queria saber se ela tinha sido loucamente apaixonada por ele, como um dos príncipes das histórias que me contava.

Meu avô nunca me parecera bonito, e era muito mais velho que ela. Nos retratos que tinha visto, ele se parecia muito com minha mãe, sério e um tanto severo. As pessoas não riam nas fotografias naquela época. Elas faziam tudo parecer muito doloroso. E era difícil para mim imaginá-lo com ela. Ele era 25 anos mais velho. Ela o conhecera nos Estados Unidos, ao chegar da Rússia em 1917. Ela trabalhava no Banco do qual ele era dono, e ele tinha perdido a esposa alguns anos antes. Não tinha filhos, não se casara novamente, e vovó Dan sempre dizia que ele estava muito só quando o conheceu, e foi muito gentil com ela, mas nunca explicou isso. Devia ser bonita então e, apesar de seu jeito de ser, ele deve ter ficado fascinado por ela. Casaram-se 16 meses após o primeiro encontro. Minha mãe nasceu um ano depois, e eles nunca tiveram outros filhos. E ele era louco por minha mãe, talvez porque se parecesse tanto com ele. Eu sabia de tudo isso, sempre soube. O que não sabia, ao menos não claramente, era o que tinha acontecido antes. Quem vovó Dan havia sido quando era jovem, precisamente de onde ela tinha vindo e por quê. Os detalhes históricos pareciam sem importância para mim quando criança.

Sabia que ela dançava balé em São Petersburgo e havia conhecido o czar, mas minha mãe não gostava que ela me contasse essas coisas. Ela dizia que isso encheria minha cabeça com ideias loucas sobre estrangeiros e lugares que eu nunca conheceria, e minha avó respeitava os desejos da filha. Falávamos sobre as pessoas que conhecíamos em Vermont, os lugares em que eu tinha estado, as coisas que fazia na escola. E quando íamos patinar no lago, ela o olhava com olhos sonhadores por um momento, e eu sempre sabia que ela estava pensando na Rússia e nas pessoas que conhecera lá. Não importava o que ela dissesse ou não, as lembranças ainda faziam parte dela, uma parte que eu amava e desejava conhecer, uma parte que percebia que ainda era importante para ela, mesmo depois de mais de cinquenta anos afastada. Sabia que toda a sua família, seu pai e quatro irmãos, haviam morrido na guerra e na Revolução, lutando pelo czar. Vovó veio para os Estados Unidos, nunca mais os viu, e construiu uma nova vida em Vermont. Mesmo assim, por todo esse tempo, aquelas pessoas fizeram parte dela, como as tramas na fibra de seu ser, parte da tapeçaria de sua vida, uma parte que não poderia ser negada, mesmo que ela a escondesse.

Descobri as sapatilhas de ponta no sótão um dia, quando procurava um vestido velho dela para usar numa peça da escola, e elas estavam simplesmente pousadas ali, num baú aberto. Eram bastante usadas e pareciam pequeninas na minha mão. As pontas gastas pareciam mágicas quando gentilmente toquei o cetim, e mais tarde perguntei-lhe sobre elas.

– Oh – disse ela, com um ar de surpresa no início, e depois riu, parecendo repentinamente jovem quando pensou nelas. – Eu as usei na última noite em que dancei com o balé em São Petersburgo, no Maryinsky... A czarina estava lá... e a grã-duquesa. – Dessa vez, esqueceu-se de parecer culpada ao falar disso. – Dançamos *O lago dos cisnes* – disse, sua mente a quilômetros de distância. – Foi uma apresentação linda... Não sabia que seria a minha última... Não sei por que guardei as sapatilhas... Tudo está tão distante no tempo agora, meu amor. – Pareceu fechar a porta das memórias, e então me deu uma xícara de chocolate quente com muito creme e pequenas lascas de chocolate e canela.

Queria perguntar-lhe mais sobre o balé, mas ela desapareceu por um tempo e voltou com seu bordado quando eu já fazia meu dever de casa na cozinha. Não tive a chance de retomar o assunto naquela noite, e nem por muitos anos. Acabei me esquecendo. Sabia que ela tinha dançado com o balé, todos nós sabíamos, mas era difícil para mim imaginá-la como uma primeira-bailarina. Ela era minha avó, a vovó Dan, a única avó na cidade que andava de patins. Ela os usava orgulhosamente com um de seus vestidinhos pretos simples, e quando ia à cidade, especialmente ao Banco, sempre punha chapéu e luvas, e seus brincos favoritos, como se fosse fazer algo importante. Mesmo quando me pegava na escola no seu carro antigo, parecia cheia de dignidade e muito feliz por me ver. Era tão fácil ver quem ela era então, e tão mais difícil lembrar quem havia sido. Mas percebo agora que ela nunca quis que nós nos lembrássemos. A essa altura, ela era quem havia se tornado: a viúva de meu avô, mãe de minha mãe, minha avó que fazia biscoitos russos. Qualquer coisa além disso era demais para sonhar, demais até mesmo para fantasiar.

Queria saber se vovó Dan ficava acordada à noite, pensando no passado e lembrando a sensação de dançar *O lago dos cisnes* para a czarina e suas filhas. Ou se havia se desligado anos antes, agradecida pela vida que tinha com todos nós em Vermont. Suas duas vidas foram extraordinariamente diferentes, tanto que nos permitia esquecer seu passado para acreditar que ela era alguém diferente agora, não mais aquela que tinha sido na Rússia. Deixou-nos acreditar nisso durante todos os anos em que a conhecemos. Em troca, permitíamos a ela esquecer aquilo, ou a forçávamos a isso, e a fazíamos ser a pessoa que nos convinha. Aos meus olhos, ela nunca havia sido jovem. Aos de minha mãe, nunca tinha sido bela, glamourosa, uma bailarina. Aos de seu marido, só tinha sido sua. Ele nem mesmo gostava de ouvir falar sobre seu pai e irmãos. Eram parte de um mundo a que não queria mais que ela pertencesse. Talvez não quisesse que ela se lembrasse.

Ela foi sua até ele morrer e deixá-la para nós. Mas ela era mais minha que de minha mãe. As duas nunca foram próximas, mas nós éramos. A amada avó que significava tudo para mim... cuja singularidade fez de mim o que sou hoje, cuja visão me deu a coragem para deixar Vermont. Fui para Nova York quando terminei a faculdade, consegui um emprego em publicidade e finalmente me casei, tive três filhos. Sou casada com um bom homem, tenho uma vida que me agrada, e não trabalho há sete anos. Pretendo voltar a trabalhar um dia, quando as crianças estiverem um pouco mais velhas, quando não precisarem tanto de mim em casa, quando eu não sentir que preciso ficar em casa com elas fazendo biscoitos.

Quando crescer, quando envelhecer, um dia, quero ser como vovó Dan. Quero andar de patins em minha cozinha e sair para patinar no gelo, como fazia com ela e como ainda adoro fazer. Quero fazer meus filhos e netos sorrirem e se lembrarem das coisas que fiz para eles. Quero que se recordem dos sinos do Natal, de decorar a árvore comigo, do chocolate quente que preparo exatamente como o dela, enquanto eles fazem seus deveres do colégio. E quero que minha vida tenha um sentido para eles, e que nosso tempo juntos tenha um significado especial. Mas também quero que saibam quem eu era, por que vim para cá e que amo muito meu marido.

Minha vida não tem mistérios, nenhum segredo, nenhuma vitória como a dela, dançando *O lago dos cisnes* nas últimas horas da Rússia Imperial. Nem consigo imaginar como deve ter sido sua vida ou a quanto deve ter renunciado vindo para cá. Não posso imaginar como nunca falou sobre isso, nem como foi perder todas as pessoas a quem amava. Não consigo imaginar a mudança para um lugar como Vermont quando se vem da Rússia. Queria saber por que ela nunca falava sobre isso comigo. Talvez porque não queríamos que ela fosse Danina Petroskova, a bailarina. Só queríamos que fosse vovó Dan, só queríamos que ela fosse nossa mãe, esposa e avó. Era mais fácil assim, não havia grandes expectativas. Não tínhamos que sentir que éramos menos que sua vida anterior havia sido, ou que ela era. Não queríamos saber ou sentir sua dor, ou tristeza, ou perda, ou lamentar quem ela havia sido, se nós nunca a conhecemos. Mas, quando penso nela, lamento não saber mais sobre sua vida. Queria tê-la visto então, queria ter estado lá com ela.

Coloquei o embrulho de lado enquanto fazia os sinos de Natal com Jeff e Matt, e fiquei coberta por pingos verdes e vermelhos. Depois fiz os bolinhos com Katie e ela conseguiu besuntar a si, a mim e à cozinha toda com a cobertura.

Era tarde quando consegui que todos fossem para a cama e Jack me telefonou de Chicago. Ele teve um dia exaustivo, mas as reuniões foram bem-sucedidas. A essa altura, já havia esquecido o embrulho completamente, e só me lembrei dele quando fui pegar alguma coisa para beber na cozinha, depois da meia-noite. Ainda estava ali, largado, com um pouco da farinha do bolo no barbante e uma fina camada de gotas verdes e vermelhas.

Peguei a caixa, limpei a poeira e sentei-me à mesa da cozinha com ela. Levei alguns minutos para desamarrar o barbante e abri-la. Vinha do asilo onde vovó Dan passara seu último ano. Eu já tinha pego todas as suas coisas quando passei por lá para agradecer, após o funeral. A maior parte estava muito usada e havia pouco que valesse a pena guardar, só algumas fotos das crianças e uma pequena pilha de livros. Eu havia guardado um livro de poesia russa que ela amava, e deixei o restante deles para as enfermeiras. Tudo o que guardei, de importância para ela, foi seu anel de casamento, o relógio de ouro com que meu avô lhe presenteara antes de se casarem, e um par de brincos. Ela me disse uma vez que o relógio tinha sido o primeiro presente que meu avô lhe dera. Ele nunca fora particularmente generoso com ela, em matéria de presentes ou joias, apesar de ter-lhe dado todo o necessário. Havia também um velho lençol de renda que eu trouxera para casa e enfurnara no fundo de meu armário, mas tudo o mais foi doado. Portanto, agora, não podia imaginar o que era isso que eles haviam me enviado.

Sem o papel, a caixa se revelou grande e quadrada, mais ou menos do tamanho de uma caixa de chapéu, e quando a segurei, percebi que era pesada. O bilhete dizia que eles a encontraram em cima do armário, e queriam ter certeza de que a receberia. Quando levantei a tampa, sem muita certeza do que encontraria, tive que segurar a respiração diante do que vi. Estavam exatamente como me lembrava: as pontas gastas e um pouco puídas, as fitas que tinham envolvido seus tornozelos pálidas e desbotadas. Eram suas sapatilhas. Exatamente como eu as vira anos antes no sótão. O último par que ela usara antes de deixar a Rússia. Havia outras coisas na caixa, e um medalhão de ouro com uma fotografia de um homem. Ele tinha uma barba bem-aparada e bigode e, num modo sério e antigo, parecia muito bonito. Tinha olhos como os dela, que depois de todos esses anos ainda pareciam rir na fotografia, apesar de ele não estar sorrindo. Havia fotos de outros homens também, uniformizados, e imaginei que fossem seu pai e irmãos. Um dos meninos parecia-se incrivelmente com ela. E havia um pequeno retrato formal de sua mãe, o qual achei que já tinha visto antes. Estava ali o programa de sua última apresentação, *O lago dos cisnes*, e a foto de um grupo de bailarinas sorridentes, com uma jovem bonita no centro, cujos olhos e face nunca mudaram em todos aqueles anos. Era fácil perceber que era Danina. Ela parecia excitantemente bela e incrivelmente feliz. Estava rindo, e todas as outras mulheres olhavam para ela com afeto e admiração.

E, no fundo da caixa, havia um embrulho grosso de cartas. Consegui ver de relance que estavam em russo, numa caligrafia cuidadosa e elegante, que parecia masculina e inteligente. Estavam amarradas juntas, com uma fita azul desbotada, e eram muitas. E eu soube, quando as segurei, que a resposta para o mistério estava ali, os segredos que ela nunca havia contado, ou partilhado, depois que deixara a Rússia. Tantas faces sorridentes ali, naquela caixa, tantas pessoas com quem ela um dia se importara e a quem deixara por uma vida que não podia ser mais diferente.

Segurei as sapatilhas em minha mão e gentilmente acariciei o cetim, pensando nela. Como tinha sido corajosa e forte, e o quanto ela havia deixado para trás. Não pude deixar de pensar se algum deles ainda estaria vivo, se ela tinha significado tanto para eles também, se eles ainda tinham fotos dela. E meditei silenciosamente sobre o homem que havia escrito aquelas cartas para ela, quem teria sido e o que teria acontecido com ele. Mas, pela maneira cuidadosa com que ela fizera o laço, guardara as cartas por quase um século e as levara para o asilo com ela, eu já sabia sem precisar lê-las. Ele devia ter sido importante para ela e, por tudo o que ele havia escrito, foi fácil imaginar que devia tê-la amado muito.

Ela teve outra vida antes de chegar a nós, muito antes de chegar a mim. Uma vida tão diferente do que tínhamos visto dela em Vermont, que foi repleta de magia, alegria e glamour. Lembro-me de como meu avô parecia duro nas fotos, e esperava que esse homem tivesse lhe trazido felicidade, que a tivesse amado. Ela tinha levado os segredos dele para o túmulo, e agora eles surgiam diante de mim... com as sapatilhas... o programa de *O lago dos cisnes*... e as cartas.

Olhei para sua fotografia mais uma vez, no medalhão, e instintivamente soube que as cartas eram dele. E, mais uma vez, queimei-me por dentro com mil perguntas. Não haveria ninguém para respondê-las. Pensei imediatamente em traduzir as cartas, para saber o que diziam. Ainda assim, ao mesmo tempo senti que desvendar os segredos nelas contidos seria uma espécie de invasão. Não me foram entregues por ela. Simplesmente os deixara. Mas sabendo o quanto éramos próximas, esperava que ela não se importasse. Tínhamos sido almas gêmeas. Sem querer, deixara para trás milhares de memórias para mim, do tempo que tínhamos partilhado, coisas que tínhamos feito, lendas e contos de fadas que ela havia me contado. Talvez, junto com as lendas, ela não se importasse de compartilhar essa parte de sua história. Pelo menos eu esperava que não. E minha alegria de descobrir as cartas e as fotos começou a queimar como uma chama que eu não conseguia apagar. Não havia como fugir das verdades que ela escondera por toda a vida.

Aos meus olhos, ela sempre fora velha, sempre fora minha, sempre fora a vovó Dan. Mas, em outro tempo e lugar, teve a dança, pessoas, risadas, amor. Ela só deixou um sussurro daquilo comigo, para lembrar-me de que fora jovem um dia. E quando finalmente compreendi, sentei-me olhando o rosto sorridente da jovem bailarina na foto, e uma lágrima de saudade rolou pela minha face quando sorri e abracei os laços cor-de-rosa desbotados que ela me deixara. E, quando toquei a velha sapatilha cor-de-rosa, olhei para as pilhas de cartas cuidadosamente arrumadas com fitas, esperando que finalmente pudesse conhecer sua história. Senti com todo o meu ser que havia muito para ser contado.

1

Danina Petroskova nascera em 1895, em Moscou. Seu pai era oficial do Regimento Lotovosky e ela tinha quatro irmãos. Eles eram altos, bonitos e usavam uniformes, e traziam-lhe doces quando vinham para casa em visita. O mais novo era 12 anos mais velho que ela. Quando estavam em casa cantavam e tocavam com ela, faziam muita algazarra. Ela adorava estar com eles, passava de um colo para outro, e eles corriam e brincavam de cavalinho com ela. Era óbvio para Danina, e para todos, que seus irmãos a amavam muito.

Danina lembrava que sua mãe tinha um rosto bonito e modos suaves, usava um perfume que cheirava a lilás e cantava para ela dormir à noite, após contar longas e maravilhosas histórias sobre quando era criança. Morreu de tifo quando a filha tinha apenas 5 anos. Depois disso, tudo mudou na vida de Danina.

Seu pai não tinha a menor ideia do que fazer com ela. Não sabia cuidar de crianças, especialmente de uma menina tão pequena. Ele e seus filhos estavam no exército, portanto contratou uma mulher para cuidar dela, e depois outras, mas, depois de dois anos, percebeu que simplesmente não estava dando certo. Precisava encontrar outra maneira de criar Danina. Até que descobriu uma solução que pensou ser ideal.

Foi a São Petersburgo fazer os arranjos. Ficou muito impressionado quando falou com madame Markova. Era uma mulher notável, e a escola de balé e a companhia que administrava não só forneceriam um lar para Danina como uma vida útil e um futuro com o qual ela poderia contar. Se concluíssem, com o passar do tempo, que Danina tinha talento, ela teria uma vida ali, enquanto pudesse dançar. Era uma vida árdua, que exigiria muito sacrifício, mas sua mãe adorava o balé e ele sentia, no fundo de sua alma, que ela teria ficado satisfeita com sua decisão. Seria dispendioso mantê-la ali, mas ele percebeu que o sacrifício valeria a pena, especialmente se, com o tempo, ela se tornasse uma grande dançarina, coisa que considerava provável. Ela era uma menina particularmente graciosa.

O pai de Danina e dois de seus irmãos a levaram para São Petersburgo em abril, depois que completou 7 anos. Ainda havia neve na rua, e, quando ela parou para olhar o novo lar, seu corpo inteiro tremeu. Estava apavorada e não queria que eles a deixassem ali. Mas não havia nada que pudesse fazer para impedi-los, nada que pudesse dizer. Já havia implorado ao pai, enquanto ainda estavam em Moscou, para não levá-la para viver na escola de balé. Ele explicara que era um grande presente, uma oportunidade que mudaria sua vida, e que ela seria uma grande bailarina um dia e ficaria feliz por ter ido.

Contudo, naquele dia fatídico, não conseguia imaginar nada disso. Não conseguia pensar na vida que recebia, mas na que apreciava e estava perdendo. Segurava sua valise quando uma mulher mais velha abriu a porta. Ela os conduziu por um corredor escuro, e Danina podia ouvir gritos a distância, música e vozes, e algo pesado e aterrorizante batendo, com um som forte, no chão. Os sons à sua volta eram agourentos e estranhos, os corredores por onde passaram, escuros e frios, até que finalmente alcançaram o escritório onde madame Markova os esperava. Era uma mulher com cabelos pretos, que usava um coque apertado, um semblante pálido como a morte, uma face

22

desalinhada e olhos azuis elétricos que pareciam penetrar nela. Danina quis chorar no momento em que a viu, mas não ousou. Estava muito amedrontada.

– Bom dia, Danina – disse madame Markova com um ar severo. – Estávamos esperando por você – continuou ela, soando, para a criança, como o diabo na porta do inferno. – Terá que trabalhar duro se quiser viver conosco – madame Markova avisou-a, e Danina acenou com a cabeça, sentindo um nó na garganta. – Você me entende? – Ela falou muito claramente e Danina olhou para cima enquanto seus olhos se enchiam de terror. – Deixe-me olhar para você – disse ela. Levantou-se e contornou a mesa, vestida numa saia longa e preta, que usava por cima de uma malha, e uma espécie de jaqueta preta. Toda a sua vestimenta tinha a mesma cor de seus cabelos. Olhou para as pernas de Danina, levantou a saia para vê-las melhor e pareceu satisfeita com o que viu. Deu um rápido olhar para o pai de Danina e acenou com a cabeça. – Nós o informaremos como ela está indo, coronel. O balé não é para todo mundo, como lhe informei.

– Ela é uma boa menina – disse ele carinhosamente, e tanto ele como seus irmãos sorriram, orgulhosos.

– Vocês podem deixar-nos agora – disse madame Markova então, ciente de que a criança estava a ponto de entrar em pânico. Os três homens a beijaram enquanto lágrimas escorriam dos olhos de Danina. E, um momento depois, deixaram-na sozinha no escritório com a mulher que passaria a controlar sua vida. Houve um longo silêncio na sala depois que eles saíram, e o único som entre elas eram os soluços abafados de Danina.

– Você não vai acreditar agora, minha criança, mas será feliz aqui. Um dia, isso será a única vida que você desejará ou conhecerá.

Danina olhou para ela numa torturante suspeita; depois madame Markova levantou-se, circundou sua mesa e estendeu uma das mãos, longa e graciosa.

– Venha, vamos observar as outras.

Já havia recebido crianças tão novas quanto ela. Na verdade, preferia assim. Se tivessem um dom, era a única maneira de treiná-las adequadamente, de tornar aquilo sua única vida, seu único mundo, a única coisa que desejassem. E havia alguma coisa naquela criança que a intrigava, algo luminoso e vivo em seus olhos. Ela tinha uma espécie de magia e enquanto caminhavam de mãos dadas pelo comprido e frio corredor, a senhora sorria de prazer.

Ficaram um pouco em cada sala de aula, começando pelos alunos que já faziam apresentações. Madame Markova queria que ela visse a meta a ser alcançada, a vivacidade com que dançavam, a perfeição de seu estilo e disciplina. Dali, passaram às bailarinas mais jovens, que eram dançarinas bastante confiáveis e poderiam inspirá-la. Finalmente, pararam na sala das alunas com quem Danina estudaria, se exercitaria e dançaria. Enquanto as observava, foi difícil para a menina imaginar que seria capaz de dançar com elas, e estremeceu de pavor quando madame Markova bateu forte no chão com a bengala que carregava exatamente para aquele fim.

A professora fez um sinal para que a turma parasse; madame Markova apresentou Danina e explicou que ela viera de Moscou para morar na escola com as outras. Seria a mais nova aluna e também a mais jovem. As outras eram rigorosas e disciplinadas, o que lhes dava uma aparência de mais idade do que realmente tinham. O aluno mais jovem era um menino de 9 anos, da Ucrânia, e Danina tinha apenas 7. Várias meninas tinham quase 10 anos, e uma tinha 11. Já dançavam havia dois anos e Danina precisaria trabalhar muito para alcançá-las, mas quando sorriram para ela e se apresentaram, Danina abriu um tímido sorriso. Era como ter muitas irmãs, em vez de somente irmãos, pensou de repente. Após o almoço levaram-na para ver seu lugar no dormitório, e Danina sentiu-se uma delas quando lhe mostraram sua cama. Era pequena, dura e estreita.

Foi dormir naquela noite pensando no pai e nos irmãos. Não pôde deixar de chorar sentindo a falta deles, mas a menina da cama ao lado, ao ouvir seu choro, aproximou-se para confortá-la e logo várias outras estavam sentadas na cama dela. Ficaram com ela e contaram histórias de balés e de momentos maravilhosos que haviam partilhado, como dançar *Coppelia* e *O lago dos cisnes,* e ver o czar e a czarina comparecerem à apresentação. Fizeram tudo aquilo soar tão maravilhoso que Danina as ouviu atentamente e esqueceu suas tristezas, até que finalmente adormeceu enquanto ainda descreviam o quanto seria feliz ali.

Na manhã seguinte, acordaram-na às 5 horas, com as outras, e entregaram-lhe sua primeira malha e sapatilha. O café da manhã era servido sempre às 5h30, e às 6 horas já estavam nas salas de aula fazendo o aquecimento. Quando a hora do almoço chegou, Danina já estava integrada ao grupo. Madame Markova vinha várias vezes conferir como ela estava e, todos os dias, a observava nas aulas. Queria acompanhar sua formação de perto e ter certeza de que aprendia adequadamente, antes mesmo de começar a dançar. Percebeu de imediato que o pequeno pássaro que voara de Moscou até eles era uma criança incrivelmente graciosa, com o corpo ideal para uma dançarina. Era perfeita para a vida que seu pai escolhera para ela. Em pouco tempo ficou claro, para madame Markova e para as outras professoras, que fora o destino que a trouxera até ali. Danina Petroskova nascera para ser uma bailarina.

Como madame Markova explicara no início, a vida de Danina era de trabalho árduo, rigoroso e exaustivo, e de sacrifícios que, a cada dia, exigiam mais dela do que considerava possível. Contudo, nos primeiros três anos em que esteve lá, nunca hesitou ou titubeou em sua determinação. Já estava com 10 anos e vivia apenas para dançar, sempre em busca da perfeição. Seus dias tinham 14 horas, passadas quase que inteiramente nas aulas. Ela era incansável, sempre determinada a superar o que havia aprendido. Madame Markova estava muito satisfeita com a aluna e dizia isso a seu pai sempre que o encontrava. Ele visitava Danina várias vezes por ano e sempre se alegrava com sua dança, como também acontecia com seus professores.

Quando o pai veio assistir à primeira grande apresentação de Danina no palco, aos 14 anos, ela desempenhou o papel da menina que dança a mazurca com Franz em *Coppelia*. A essa altura, já era membro do corpo de baile, deixara de ser uma simples aluna, o que muito agradou ao pai. Foi uma apresentação linda e Danina esteve extraordinária na precisão, na elegância de estilo e na simples força de seu talento. Havia lágrimas nos olhos de seu pai quando a viu, e nos dela quando o encontrou nos bastidores após a apresentação. Foi a noite mais feliz de sua vida e tudo o que desejava era agradecer-lhe por tê-la trazido ali sete anos antes. Havia passado metade de sua existência na academia; era a única vida que conhecia, a única que desejava.

Dançou o papel da fada Lilás em *A bela adormecida* um ano depois, aos 16 anos, e teve um desempenho brilhante em *La Bayadère*. Aos 17 anos, era uma primeira-bailarina, e sua apresentação em *O lago dos cisnes* foi tão excepcional que quem a viu não poderia esquecer. Madame Markova sabia que lhe faltava maturidade em certos aspectos, pois vira muito pouco do mundo e não conhecia nada da vida, mas sua técnica e seu estilo eram tão extraordinários que surpreendiam a quem assistisse, destacando-a muito das outras.

Nessa época, a czarina e suas filhas estavam a par de sua excelência. Aos 19 anos, Danina dançou numa apresentação privada para o czar no Palácio de Inverno. Era abril de 1914.

Em maio, foi convidada a dançar para eles em sua casa de campo, no estado de Peterhof, e jantou com a família imperial em seus aposentos particulares, com madame Markova e várias estrelas do balé que estiveram presentes. Foi um imenso prazer, muito acima dos que já tivera, e uma homenagem que significou mais para ela que para qualquer outra. Ser reconhecida pelo czar e pela czarina era a consagração definitiva, o único tributo a que verdadeiramente almejava; Danina, então, colocou uma fotografia deles numa pequena moldura ao lado de sua cama. Gostou de conhecer especialmente a grã-duquesa Olga, poucos meses mais nova que ela. Danina também se encantou pelo czaréviche, que contava apenas 9 anos na ocasião mas a achou muito bonita, como todos que a viam.

Com o amadurecimento, Danina demonstrou ter rara graciosidade, noção de bondade e equilíbrio, certa malícia e adorável senso de humor. Não era de surpreender que o czaréviche a amasse. Sua saúde era delicada e ele estivera doente durante toda a infância. Todavia, apesar de sua fragilidade, ela caçoava dele e o tratava como a qualquer pessoa, o que muito o agradava. Ele era uma criança particularmente esperta e sensível, e falava das coisas que ela fazia com evidente entusiasmo. Ela lhe parecia tão forte, tão saudável.

Danina prometeu deixar Alexei observá-la em sala de aula um dia, se madame Markova permitisse, mas não conseguia imaginá-la dizendo não a um visitante tão importante, se sua saúde e seus médicos permitissem. Devido à sua hemofilia, havia sempre um ou dois médicos por perto para se certificarem de que nenhum acidente acontecesse. Danina lamentava sua condição. Ele parecia tão doente e tão incrivelmente frágil, mas, ainda assim, transmitia calor, bondade e muito amor. A czarina ficou muito comovida quando viu a gentileza com que Danina o tratava.

Em consequência, naquele verão, madame Markova recebeu um convite da czarina para passar uma semana com eles em Livádia, seu palácio de verão na Crimeia, levando Danina. Foi uma grande honra, mas, ainda assim, Danina relutou em ir. Não conseguia aceitar a ideia de abandonar as aulas e os ensaios por sete dias. Era devotada a ponto de ser compulsiva. Sua vida era quase monástica: rígida, exaustiva, brutalmente exigente. Dava tudo de si, tudo o que podia, tudo o que ousava, e havia muito suplantara até mesmo os sonhos mais audaciosos que madame Markova nutrira para ela. Demorou quase um mês até madame Markova convencê-la a aceitar o convite imperial, e só conseguiu porque a diretora da academia convenceu-a de que recusá-lo seria uma afronta à czarina.

Foram suas primeiras férias, o único período de sua vida, desde os 7 anos, em que não dançou e não começou cada dia com aquecimentos às 5 horas, aulas às 6 horas e ensaios às 11 horas, em que não forçou seu corpo por 14 horas por dia até o limite. Em Livádia, em julho, foi a primeira vez em sua vida que ousou brincar, e adorou.

Para madame Markova, Danina parecia quase uma criança. Brincava com as filhas do czar na praia, pulando, rindo e espirrando água, e era sempre gentil com Alexei. Tinha um modo um pouco maternal de tratá-lo, que comovia profundamente o coração da mãe dele. Todas as outras crianças ficaram surpresas quando se deram conta de que Danina não sabia nadar. Com toda a disciplina e a vida severa que levava, nunca tivera tempo para aprender algo além da dança.

Foi durante seu quinto dia lá que Alexei caiu novamente doente, depois de uma pequena pancada na perna ao se levantar da mesa de jantar. Ficou confinado na cama por dois dias. Danina ficou com ele, contando-lhe as histórias que recordava de sua infância com seu pai e irmãos e contos intermináveis sobre o balé, a disciplina rigorosa e os outros dançarinos. Ele a ouvia horas a fio até que caía no sono segurando sua mão, e ela saía lentamente, na ponta dos pés, para reunir-se aos outros. Sentia muito por ele e pelas limitações cruéis a que sua doença o obrigava. Era muito diferente de seus irmãos ou dos meninos com quem Danina treinava no balé, todos tão fortes e saudáveis.

Alexei ainda estava fraco, mas sentia-se melhor, quando ela e madame Markova partiram, em meados de julho, a bordo do trem imperial rumo a São Petersburgo. Haviam sido férias maravilhosas e um período inesquecível de sua vida, que, sabia, recordaria sempre. Jamais esqueceria ter brincado com a família imperial como simples amigos, a beleza da paisagem e Alexei tentando ensiná-la a nadar, sentado numa cadeira no deque.

– Não, assim não, sua menina boba... é assim... – Demonstrava as braçadas com seus gestos enquanto ela tentava executá-las, e ambos caíam na gargalhada quando ela errava e simulava se afogar.

Uma vez ele escreveu-lhe um curto bilhete dizendo que sentia sua falta. Era óbvio que, apesar de ter apenas 9 anos, tinha uma queda por ela. Sua mãe mencionou isso a uma amiga, discretamente divertida com aquilo. Alexei estava vivendo aos 9 anos seu primeiro romance, e com uma bailarina que era uma beldade. Melhor ainda, eles sabiam que se tratava de uma pessoa adorável. Todavia, duas semanas após a estada idílica em Livádia, o mundo inteiro estava tumultuado e os tristes acontecimentos em Sarajevo finalmente levaram o país à guerra. Em 1º de agosto, a Inglaterra declarou guerra à Rússia. Ninguém acreditava que duraria muito, e, numa atitude otimista, supunham que a hostilidade findaria na Batalha de Tannenberg, no final de agosto. Mas, em vez disso, a situação piorou.

Apesar da guerra, Danina dançou *Giselle, Coppelia* e *La Bayadère* naquele ano. Sua habilidade alcançava o ápice, e seu desenvolvimento e compreensão eram tudo o que madame

Markova havia sonhado. Nunca havia o menor desapontamento em seu desempenho; ela era tudo o que deveria ser e ainda mais. O que apresentava no palco era precisamente o que, anos antes, madame Markova havia percebido que ela seria capaz. E tinha o tipo de dedicação e de propósito sincero que são essenciais a uma dançarina. Danina não permitia distrações ao que fazia. Não se importava com homens ou com o mundo além dos muros da academia. Vivia, respirava, trabalhava e existia somente para a dança. Era a bailarina perfeita, diferentemente de algumas outras a quem madame Markova via com desdém. Apesar do treinamento impecável e do talento, elas com frequência deixavam-se distrair ou seduzir por homens e por romances. Para Danina, porém, o balé era seu sangue, a força vital que a impulsionava e a nutria. Era a própria essência de sua alma. Para ela, nada mais havia. O balé era a única coisa com que se importava e para o que vivia. Como resultado, sua dança era soberba.

Sua melhor apresentação foi naquele ano, na véspera do Natal. Seus irmãos e seu pai estavam no front, mas o czar e a czarina compareceram e deslumbraram-se com a beleza de sua dança. Danina foi ao encontro deles no camarote imperial, e imediatamente perguntou por Alexei. Deu à sua mãe uma das rosas que havia recebido, para que fosse levada para ele. Madame Markova percebeu que ela parecia mais cansada que o usual quando retornou para os bastidores. A noite fora longa e excitante, e Danina não teria admitido, mas sentia-se exausta.

No dia seguinte, como sempre, levantou-se às 5 horas, apesar de ser dia de Natal, e às 5h30 já estava no estúdio, fazendo o aquecimento. Não haveria aula até meio-dia, mas ela nunca aceitava a ideia de desperdiçar uma manhã inteira. Sempre temia perder um pouco de sua habilidade se desperdiçasse metade do dia, ou até mesmo caso se permitisse se afastar daquilo por um minuto. Mesmo no Natal.

Madame Markova viu Danina no estúdio, às 7 horas, e, depois de observá-la por algum tempo, achou seus exercícios estranhos. Havia uma rigidez que não lhe era característica, algo diferente quando praticou seus arabescos e depois, muito lentamente, como em câmera lenta, começou a inclinar-se em direção ao chão. Seus movimentos eram tão graciosos na queda que pareciam ensaiados, absolutamente perfeitos. Somente quando já estava ali, sem se mover por um tempo que pareceu uma eternidade, madame Markova e duas outras alunas, de repente, perceberam que estava inconsciente. Correram imediatamente até ela e tentaram reanimá-la, e madame Markova ajoelhou-se a seu lado, no chão. Suas mãos tremiam ao tocar a face e as costas de Danina, sentindo o calor seco e intenso de seu corpo. Quando Danina abriu os olhos, sua mentora logo percebeu que estavam febris e vitrificados e que ela tinha sido tomada, durante a noite, por alguma doença misteriosa.

– Minha filha, por que você dançou hoje se está doente? – madame Markova estava a seu lado quando ela dirigiu-lhe o olhar. Todos tinham ouvido falar de uma gripe avassaladora que estava atacando sem controle em Moscou, mas não havia sinais dela em São Petersburgo. – Não deveria ter feito isso – madame Markova a repreendeu gentilmente, temendo o pior. Mas, a princípio, Danina parecia quase não a ouvir.

– Eu precisava... Eu precisava... – Perder um momento, um único exercício, aula ou ensaio era mais do que Danina podia suportar. – Preciso levantar... Preciso... – disse ela e logo começou a balbuciar sons ininteligíveis. Um dos rapazes que dançavam com ela havia dez anos levantou-a com facilidade e, sob o comando de madame Markova, carregou-a para sua cama no andar superior. Finalmente saíra do dormitório grande no ano anterior e agora dormia num quarto com apenas seis camas. Era tão espartano, vazio e gelado quanto o dormitório onde vivera por 11 anos, mas era um pouco mais privado. As outras bailarinas vieram rapidamente para a porta, observá-la. As notícias de seu desmaio tinham se espalhado por todos os corredores e salas da academia.

– Ela está bem... o que aconteceu... está tão pálida, madame... o que acontecerá... precisamos chamar um médico... – A própria Danina estava cansada demais para explicar, entorpecida demais para sequer reconhecer alguém. Tudo o que conseguia ver a distância era a figura alta e magra de madame Markova, a quem amava como se fosse sua mãe, parada, ansiosa, ao pé de sua cama. Mas estava muito cansada para ouvir o que ela dizia.

Madame Markova ordenou que todos saíssem do quarto, temendo o contágio, e pediu a uma das professoras que trouxesse um pouco de chá para Danina. Porém, quando madame Markova levou a xícara aos seus lábios, ela nem conseguiu sorver. Estava muito doente e fraca. Ao sentar-se, com os braços fortes de madame Markova a apoiando, quase desmaiou. Nunca se sentira tão doente em sua vida, mas isso já nem lhe importava. Naquela tarde, quando o médico chegou, ela sabia que morreria e não se importava. Cada centímetro de seu corpo doía, seus braços e pernas pareciam ter sido partidos a machadadas. Cada toque, cada movimento, cada roçar contra os lençóis ásperos de sua cama lhe davam a sensação de que sua pele estava pegando fogo. Tudo em que podia pensar enquanto estava deitada ali, entre o delírio e a dor, era que, se não se exercitasse e retornasse às aulas e aos ensaios em breve, morreria.

O médico confirmou os temores de madame Markova, e pouco fez para tranquilizá-la. Era mesmo a gripe, e ele admitiu, com honestidade, à diretora da academia, que não havia nada a fazer. As pessoas estavam morrendo em Moscou às centenas. Madame Markova chorava enquanto ouvia. Tentou persuadir

Danina a ser forte, mas a menina começara a sentir que não venceria a batalha, o que aterrorizou ainda mais sua mentora.

– É como Mama… Estou com tifo? – murmurou, muito fraca para falar alto ou mesmo para estender o braço e tocar madame Markova, que estava de pé ao seu lado.

– É claro que não, minha filha. Não é nada – mentiu. – Você tem trabalhado demais. É só isso. Precisa descansar por uns dias e ficará bem. – As palavras de madame Markova, porém, não enganavam ninguém, que dirá a paciente, que até mesmo em seu estado grogue sabia o quanto estava doente, e como a situação era grave.

– Estou morrendo – disse ela, serena, mais tarde naquela noite, e com tal convicção que a professora a seu lado correu para chamar madame Markova. As duas mulheres chegaram chorando, mas madame Markova enxugou os olhos antes de entrar e sentar-se ao lado de Danina novamente. Segurou um copo d'água contra os lábios da menina, mas foi incapaz de convencê-la a ingerir. Faltavam a Danina o desejo e a força para beber. A febre ainda era alta, seus olhos pareciam doentes e desnorteados. – Estou morrendo, não estou? – sussurrou para a velha amiga.

– Não vou deixá-la fazer isso – disse madame Markova calmamente. – Você ainda não dançou *Raimonda*, e eu planejava deixá-la fazer isso este ano. Seria uma pena morrer sem ao menos experimentar isso. – Danina tentou sorrir mas não conseguiu. Sentia-se doente demais para responder.

– Não posso perder o ensaio amanhã – Danina falou, com um fio de voz, para madame Markova, que permaneceu com ela durante toda a noite. Era como se Danina sentisse que, se não dançasse, poderia morrer. O balé era sua força vital.

O médico retornou para vê-la na manhã seguinte, aplicou vários cataplasmas e deu-lhe muitas gotas de um líquido amargo, mas de nada adiantou. No fim da tarde estava muito pior. Naquela noite estava completamente delirante, gritando sons incompreensíveis e expressando murmúrios vagos. Depois, riu de pessoas que imaginava ver, ou de coisas que só ela ouvia. Foi uma noite interminável para todos, e na manhã seguinte Danina parecia devastada. A febre era tão alta que era difícil acreditar que ela houvesse sobrevivido e impossível imaginar que a doença não a mataria.

– Precisamos fazer alguma coisa – disse madame Markova, com um ar perturbado. O médico insistira que não havia nada que pudesse fazer, e ela acreditava, mas talvez um outro médico pudesse pensar em outra coisa. Em sua angústia, naquela tarde madame Markova escreveu um bilhete apressado para a czarina, explicando-lhe a situação e ousando pedir-lhe alguma sugestão ou a indicação de alguém que pudesse examinar Danina. Madame Markova estava a par, como todos, de que fora montado um hospital numa parte do Palácio Catarina, em Tsarskoe Selo, onde a czarina e as grã-duquesas atendiam os soldados. Talvez alguém ali pudesse ter alguma ideia de como ajudar Danina. A essa altura, madame Markova estava desesperada e disposta a tentar qualquer coisa para salvá-la. Algumas pessoas haviam sobrevivido à gripe violenta em Moscou, mas parecia ser uma questão de sorte, não o resultado de alguma medida científica.

A czarina não perdeu tempo escrevendo uma resposta e imediatamente enviou o mais jovem dos dois médicos do czaréviche para tratar de Danina. O mais velho, o venerável Dr. Botkin, estava, na ocasião, acometido por uma gripe branda, mas o Dr. Nikolai Obrajensky, a quem Danina havia encontrado naquele verão em Livádia, muito antes do jantar chegara à escola de balé, perguntando por madame Markova. Ela ficou muito aliviada ao vê-lo e, em sua ansiedade, mencionou brevemente sobre a bondade da czarina quando o encontrou. Estava tão preocupada com a condição de Danina que quase não percebeu como ele se parecia com o czar, apesar de bem mais jovem.

– Como está ela? – o médico perguntou gentilmente. Podia ver, pela aflição de madame Markova, que a jovem bailarina não devia estar nada melhor. Mesmo ele, porém, tendo visto vários casos de gripe no hospital, não esperava encontrar a jovem dançarina tão doente ou tão abatida pela doença, que parecia tê-la devastado quase totalmente em dois dias. Estava desidratada, delirante, e, quando o médico tomou-lhe a temperatura, precisou checá-la mais uma vez, incapaz de acreditar que pudesse estar tão alta quanto o termômetro indicava. Teve poucas esperanças de sobrevivência depois de conferir a temperatura pela segunda vez e examinou-a cuidadosamente. Finalmente, virou-se para madame Markova com uma expressão desanimadora.

– Receio que a senhora já saiba o que direi… não sabe? – disse ele, parecendo profundamente compadecido. Podia ver nos olhos da mulher o quanto amava Danina. Era como uma filha para ela.

– Por favor… não posso aguentar… – disse ela, apoiando o rosto nas mãos, exausta e extenuada demais para tolerar o golpe que ele estava a ponto de lhe desferir. – É tão jovem… tão talentosa… tem apenas 19 anos… ela *não* pode morrer. O senhor não pode deixá-la... – disse em tom ameaçador, voltando mais uma vez o olhar para o médico, querendo dele algo que ele não podia lhe dar: esperança, uma vez que não havia garantias.

– Não posso ajudá-la – disse ele com sinceridade. – Ela não sobreviveria à viagem até o hospital. Talvez, se continuar entre nós mais uns dias, possamos removê-la. – Contudo, não acreditava nessa possibilidade e madame Markova sabia disso. – Tudo o que a senhora pode fazer é mantê-la fresca, para baixar a febre, banhá-la com panos frios e forçá-la a beber água o máximo que puder. O restante está nas mãos de Deus, madame. Talvez Ele precise dela mais do que nós. – Seu tom de voz era gentil, mas não poderia mentir. Só o surpreendia que ela tivesse sobrevivido por tanto tempo. Ele sabia de algumas pessoas que haviam morrido no próprio dia em que a violenta gripe as abatera. E ela estava doente havia dois dias. – Faça o que for possível por ela, mas saiba que não poderá fazer milagres, madame... Agora só podemos rezar e esperar que Ele nos ouça – disse o Dr. Obrajensky, com um ar sombrio. Não tinha esperanças com relação a Danina.

– Compreendo – disse madame Markova, desolada.

O médico permaneceu com elas durante algum tempo e tomou a temperatura de Danina novamente. Tinha subido um pouco e madame Markova já aplicava os panos frios que ele recomendara. Os alunos os traziam, e mantinham-nos úmidos e frios, mas ela não deixava ninguém ficar no quarto, com medo de que pegassem a gripe. As cinco meninas que normalmente dividiam o quarto com Danina foram transferidas para o dormitório principal, para dormirem em camas portáteis ou em colchonetes com as outras. O quarto estava completamente proibido para elas.

– Como ela está? – madame Markova perguntou-lhe ansiosa, depois de banhar o peito, os braços e a face de Danina com panos frios por uma hora. A paciente não tinha a menor consciência da presença ou atenção deles, estendida na cama, muito pálida e tremendo, sua face tão alva quanto os lençóis em que estava deitada.

– Está mais ou menos igual – respondeu quando a examinou novamente. Não quis dizer a madame Markova que, na verdade, achara-a um pingo de nada mais quente. – Ela não vai melhorar tão rápido. – Se é que melhoraria, o que duvidava. Estava impressionado com a encantadora beleza de Danina, deitada inerte diante deles. Era incrivelmente atraente, seus

36

traços lindamente delicados, seu corpo pequeno e gracioso. Seus longos cabelos castanhos escuros formavam um leque no travesseiro. Ela tinha a aparência de quem estava perto da morte, ele sabia muito bem, e estava certo, a essa altura, de que ela não viveria até a manhã do dia seguinte.

– Não há nada mais que possamos fazer? – perguntou madame Markova, parecendo desesperada.

– Rezar – disse ele, querendo dizer exatamente isso. – Chamaram seus pais?

– Ela tem um pai e quatro irmãos. Acredito que todos estejam no front, pelo que fui informada. – A guerra começara alguns meses antes e o regimento deles fora um dos primeiros a partir. Danina tinha muito orgulho deles e mencionava isso sempre.

– Então, não há nada que possa fazer. Devemos aguardar e ver. – Nesse momento, ele olhou para o relógio. Já estava com Danina havia três horas; sabia que deveria retornar a Tsarskoe Selo para ver como estava Alexei e levaria uma hora para chegar lá. – Voltarei pela manhã – prometeu, mas temia que, até lá, o bom Deus desse um fim àquela situação. – Mande-me avisar se achar que precisa de mim. – Deu-lhe o endereço de casa, se precisassem enviar alguém para buscá-lo. Todavia, até que retornasse com o mensageiro, poderia ser tarde demais para Danina. Ele morava depois de Tsarkoe Selo, com a esposa e dois filhos. Ainda era jovem, com quase 40 anos, mas extremamente responsável, capaz e sensível ao sofrimento alheio, razão pela qual tinha-lhe sido confiado cuidar do czaréviche. E parecia-se estranhamente com o pai do menino. Tinha os mesmos traços distintos, era tão alto quanto ele e usava a barba cuidada e aparada com precisão, exatamente como o czar. Mesmo sem a barba, o médico se parecia singularmente com ele, exceto que seus cabelos eram mais escuros, quase da mesma cor que os de Danina.

– Obrigada por ter vindo, Dr. Obrajensky – madame Markova disse polidamente enquanto o acompanhava até a porta principal. Era uma longa caminhada, que a levou muito longe de sua paciente, mas andar ao longo dos corredores frios foi um alívio e, quando abriu a pesada porta de entrada, uma rajada de ar frio surpreendeu-a e refrescou-a.

– Gostaria de poder fazer algo mais por ela... e pela senhora... – disse ele, bondosamente. – Posso ver o quanto isso lhe é penoso.

– Ela é como minha própria filha – respondeu madame Markova com lágrimas nos olhos, e ele gentilmente afagou seu braço ao ver sua dor. Sentia-se absolutamente sem ação.

– Talvez Deus tenha piedade e a poupe.

Ela só conseguiu acenar com a cabeça, desprovida de palavras em face das emoções que sentia.

– Voltarei pela manhã, bem cedo.

– Ela começa o aquecimento todos os dias às 5 horas ou 5h30 – disse madame Markova, como se isso ainda importasse, mas ambos sabiam que não.

– Ela deve trabalhar muito. É uma extraordinária bailarina – retrucou ele com admiração, incapaz de acreditar que um deles viesse a vê-la dançar novamente, mas feliz por tê-la assistido ao menos uma vez. Parecia trágico pensar nisso agora.

– Já a viu dançar? – madame Markova perguntou, com um olhar triste.

– Somente uma vez. *Giselle*. Foi adorável – disse ele delicadamente. Sabia como estava sendo difícil para madame Markova. Era fácil perceber.

– Ela esteve ainda melhor em *O lago dos cisnes* e em *A Bela adormecida* – falou ela, com um sorriso triste.

– Vou esperar vê-la com ansiedade – ele disse polidamente, curvou-se e depois partiu. Ela fechou a pesada porta e andou rapidamente pelos corredores para retornar para Danina.

Foi uma noite inesquecível para madame Markova, de dor e desespero, e também de febre, delírio e horror para Danina. Finalmente, quando a manhã chegou, Danina parecia quase tê-los deixado. Madame Markova estava sentada ao lado de sua cama, exausta, parecendo sem vida, mas não ousando abandoná-la nem mesmo por um instante, quando o médico retornou, às 5 horas.

– Obrigada por ter vindo tão cedo – murmurou ela no quarto sombrio. A atmosfera já era de perda e de lamentação. Até mesmo para ela, parecia impossível vencer a luta. Danina não havia recuperado a consciência desde a manhã anterior.

– Fiquei preocupado com ela a noite toda – o médico admitiu, parecendo perturbado. Podia deduzir, pela face da velha mulher, como fora a noite, e Danina quase não respirava. Ele examinou seu pulso, tomou sua temperatura e surpreendeu-se ao encontrá-la um pouco mais baixa, mas o pulso estava fraco e fino como um fio. – Ela está travando uma boa luta. Temos sorte por ser jovem e forte. – No entanto, mesmo os jovens estavam morrendo em números estarrecedores em Moscou, especialmente as crianças. – Ela está bebendo água?

– Há várias horas que não – admitiu madame Markova. – Não consigo fazê-la engolir e estava com medo de sufocá-la. – O médico acenou com a cabeça. Não havia nada que pudessem fazer, mas ele se organizara para ficar por muitas horas. Seu colega mais velho, o Dr. Botkin, havia melhorado o suficiente para poder assistir o czaréviche se fosse preciso. O Dr. Obrajensky queria estar com Danina se ela morresse, ao menos para oferecer conforto à sua mentora.

Ficaram imóveis lado a lado por horas, em cadeiras duras, no quarto malogrado, falando pouco e examinando-a de vez em quando. Ele sugeriu que madame Markova procurasse descansar um pouco enquanto ele estava ali, porém ela recusou-se a deixar sua amada bailarina.

Era meio-dia quando Danina emitiu um som angustiante e agitou-se com desconforto. Eram sons de dor, mas quando o médico a examinou, não encontrou nada novo ou diferente em sua condição. Estava maravilhado com sua resistência. Era uma verdadeira comprovação de sua juventude, força e condição física. E, extraordinariamente, até então ninguém no balé havia sido contaminado. Somente Danina.

Às 16 horas, o Dr. Obrajensky ainda estava ali, pois não queria abandoná-las antes do fim. Madame Markova havia cochilado em sua cadeira e o médico viu Danina se agitar. Ela estava gemendo outra vez e mexendo-se desconfortavelmente, mas madame Markova estava muito cansada para ouvi-la. O médico a examinou e achou seu coração fraco e descompassado. Estava certo de que era o sinal de um fim próximo. Seu pulso também estava irregular e ela começou a ter dificuldade para respirar, sinais esperados em sua condição. O médico gostaria de atenuar seu fim, mas não havia nada que pudesse fazer, exceto estar ali. Pegou-lhe a mão entre as suas, após tomar-lhe o pulso mais uma vez, e simplesmente acariciou-a carinhosamente, observando aquela bela face jovem, tão doente e tão atormentada. Doía-lhe ver aquilo e ser de tão pouca utilidade. Era como lutar com demônios que tentavam vencê-la. Queria poder devolver-lhe a vida e a saúde. Gentilmente, acariciou-lhe a testa com a mão. Ela se agitou novamente e disse alguma coisa. Parecia estar falando a um amigo ou a um de seus irmãos. Depois, emitiu uma única palavra, abriu os olhos e olhou para ele. Ele já vira isso centenas de vezes: era uma última onda de vida antes do fim. Os olhos estavam bem abertos quando ela falou com clareza:

– Mamãe, eu te vejo.

– Está tudo bem, Danina, estou aqui – disse ele suavemente. – Tudo vai ficar bem. – Muito em breve, tudo estaria terminado.

– Quem é você? – disse ela numa voz rouca e dissonante, como se conseguisse vê-lo nitidamente, mas ele sabia que não era possível. Em seu delírio, ela deveria estar vendo alguém, mas era improvável que fosse o médico.

– Sou seu médico – disse ele, calmo. – Vim para ajudá-la.

– Ah – disse, e fechou os olhos novamente, apoiando sua cabeça outra vez no travesseiro. – Vou ver minha mãe. – Ele lembrou-se, então, do que madame Markova lhe havia dito sobre ela ter apenas um pai e irmãos e entendeu o que queria dizer, mas não a deixou continuar.

– Não quero que faça isso – disse ele firmemente. – Quero que fique aqui comigo. Precisamos de você, Danina.

– Não, eu preciso ir... – respondeu com os olhos cerrados, virando a cabeça para longe. – Estarei atrasada para a aula e madame Markova vai ficar zangada comigo. – Era o máximo que tinha dito em dois dias e estava claro que queria deixá-los ou que sabia que precisava.

– Você precisa ficar aqui para a aula, Danina... ou madame Markova e eu vamos ficar zangados. Abra seus olhos, Danina... abra os seus olhos e me veja. – Para sua surpresa, ela o fez, e olhou em sua direção com olhos enormes naquela face pequena e pálida, que parecia ter encolhido com a febre.

– Quem é você? – disse ela novamente, dessa vez numa voz que soava tão desolada quanto se sentia, tão deteriorada como havia estado, e nesse momento ele percebeu que ela conseguia vê-lo. Tocou sua testa suavemente e, pela primeira vez em dois dias, estava bem mais fria.

– Sou Nikolai Obrajensky, *mademoiselle*. Sou seu médico. A czarina me enviou.

Ela acenou com a cabeça e fechou os olhos outra vez por um instante; depois, abriu-os novamente para dizer-lhe algo num sussurro. – Eu o vi com Alexei no verão passado... em

41

Livádia… – Ela se lembrava. Ela havia voltado. Ainda tinha um longo caminho pela frente, mas, por mais incrível que pudesse parecer, talvez o encanto houvesse sido quebrado. A vontade do médico era gritar de alegria, mas não queria comemorar cedo demais. Ainda podia ser a explosão de energia antes do fim. Ainda não queria acreditar no que estava vendo.

– Vou ensiná-la como nadar nesse verão se você ficar aqui – brincou ele delicadamente, lembrando-se da diversão de todos quando Alexei tentara ensiná-la. Ela quase sorriu, mas ainda se sentia doente demais para ser capaz de fazer algo além de olhá-lo com fraqueza.

– Preciso dançar – disse ela, soando preocupada. – Não tenho tempo para nadar…

– Sim, você tem. Terá que descansar por um bom tempo agora. – Ela abriu bem os olhos, e ele sentiu-se encorajado novamente. Ela estava inteiramente consciente do que ele dizia.

– Preciso ir à aula amanhã.

– Acho que deveria ir esta tarde – caçoou ele, e ela sorriu, apesar de ter sido apenas um pouco mais do que uma contração. – Está sendo muito preguiçosa. – Agora ele sorria para ela, sentindo como se houvesse vencido a batalha de uma vida. Não tivera esperança nenhuma nesse caso. Uma hora antes, ela quase partia, e, agora, estava acordada e falando com ele.

– Acho que o senhor está sendo muito bobo – murmurou ela. – Não posso ir à aula hoje.

– Por que não?

– Não tenho pernas – disse ela, parecendo preocupada. Acho que caí, não consigo senti-las. – Nesse momento, ele pareceu preocupado e, buscando por baixo das cobertas para tocar suas pernas, perguntou o que sentia quando a tocava. Sentia tudo, mas estava muito fraca para movê-las.

– Seu único problema é a fraqueza, Danina – assegurou. – Você ficará bem. – Porém, sabia que, se ela sobrevivesse, o que agora parecia possível, ao menos remotamente, apesar de ainda não estar completamente fora de perigo, sua recuperação levaria meses e ela precisaria ser muito bem cuidada por alguém experiente para poder se recuperar. – Vai precisar ser muito boazinha, dormir muito, comer e beber. – Como se para provar isso a ela, ofereceu-lhe um gole de água, que ela bebeu. Só ingeriu um gole, mas foi um grande progresso. E, quando ele apoiou o copo na mesa ao lado, madame Markova acordou num ímpeto, temendo que alguma coisa terrível houvesse acontecido enquanto dormia. Mas, em vez disso, viu Danina parecendo fraca, mas novamente com vida, abatida, mas sorrindo para o médico.

– Meu Deus, é um milagre – disse ela, segurando as lágrimas de alívio e cansaço. Parecia quase tão mal quanto Danina, mas não tinha febre e não estava doente. Estava simplesmente devastada pelo pavor de perdê-la. – Filha, sente-se melhor?

– Um pouco. – Danina acenou com a cabeça e depois olhou outra vez para o médico. – Acho que o senhor me salvou.

– Não, não a salvei. Quem dera pudesse ter esse mérito, mas creio que fui inútil. Tudo o que fiz foi ficar aqui. Madame Markova fez muito mais por você do que eu.

– Deus fez isso – madame Markova disse firmemente –, e sua própria força. – Queria desesperadamente perguntar ao médico se Danina ficaria boa, mas sabia que não deveria fazê-lo na frente da paciente. A menina certamente estava muito melhor. Ela parecia alerta e mais forte, como se houvesse superado o problema. Tinham chegado tão perto de perdê-la que madame Markova ainda tremia.

– Quando poderei dançar novamente? – perguntou ao médico, e tanto ele quanto madame Markova riram. Estava mesmo se sentindo melhor.

– Não na próxima semana, isso eu posso lhe garantir, minha amiga. – Ele sorriu quando disse isso. Não dançaria por meses, mas sabia que era muito cedo para dizer isso a ela. Podia perceber facilmente que, se contasse a verdade, ela ficaria furiosa, culpada e preocupada. – Em breve. Se você for uma boa menina e fizer tudo o que eu mandar, logo estará de pé outra vez.

– Tenho um ensaio importante amanhã – insistiu ela.

– Acho que há uma boa chance de você perdê-lo. Está sem pernas, lembra-se?

– Como é? – Madame Markova pareceu preocupada com o comentário, mas ele foi rápido em explicar.

– Ela não conseguia sentir as pernas um minuto atrás, mas elas estão bem. Só está muito fraca por causa da febre. – Pouco depois, quando tentaram sentá-la para beber outro gole de água, descobriram que nem isso ela conseguia fazer. Quase não conseguia levantar a cabeça do travesseiro.

– Sinto-me como um pedaço de barbante – disse, eloquente, a dançarina, e ele riu suavemente.

– Você parece um pouco melhor do que isso. Muito melhor, na realidade, e acho que posso retornar aos meus outros pacientes antes que esqueçam como sou. – Já passava das 18 horas e ele estava com ela havia 13 horas, mas prometeu retornar novamente na manhã seguinte. E, quando andavam em direção à porta de entrada, madame Markova agradeceu-lhe profundamente e perguntou o que esperar a partir dali.

– Uma recuperação muito longa – respondeu ele, honestamente. – Ela precisará passar ao menos um mês na cama ou estará se arriscando a ficar doente outra vez, e, na próxima, poderá não ter tanta sorte. – A simples possibilidade encheu madame Markova de pavor. – Demorará muitos meses até que ela possa dançar novamente. Três ou quatro, talvez mais.

– Vamos amarrá-la se for preciso. Você viu como ela é. Amanhã pela manhã estará implorando para dançar.

– Ela própria ficará surpresa com sua fraqueza. Precisará ter paciência, levará tempo.

– Compreendo – disse madame Markova com gratidão e agradeceu-lhe novamente antes de partir. Depois de fechar a porta atrás dele, andou lentamente até o quarto de Danina, pensando como teria sido arrasador se tivesse morrido e como tinham sorte por não a perder. Estava infinitamente agradecida à czarina, também, por ter enviado seu médico. Ele não pudera fazer muito, mas tê-lo ali fora um enorme conforto. E ele tinha sido extraordinariamente dedicado, ficando tanto tempo com Danina.

Quando madame Markova chegou ao aposento de Danina, olhou para a jovem mulher a quem tanto amava e ficou contente. A bailarina descansava em seu leito, parecendo uma criança. Estava dormindo e havia um leve sorriso em seus lábios.

2

Cumprindo o prometido, o Dr. Obrajensky veio ver Danina no dia seguinte, mas só chegou na parte da tarde, pois sabia que ela estava fora de perigo. Alegrou-se quando viu que comia e bebia. Ainda não tinha a força necessária para levantar a cabeça do travesseiro, mas sorriu logo que ele entrou no quarto. Estava obviamente contente em vê-lo.

– Como está Alexei? – perguntou no momento em que o viu.

– Muito bem. Bem melhor que você agora. Estava jogando cartas, e ganhava da irmã quando o vi essa manhã. Pediu-me que lhe transmitisse os votos de pronto restabelecimento, em seu nome, das grã-duquesas e da czarina.

Realmente, ela enviara um bilhete para madame Markova, e o Dr. Obrajensky sabia o que continha. A czarina tinha pedido seu conselho sobre o assunto.

Madame Markova ainda acompanhava a doente, mas parecia consideravelmente mais descansada. Quando leu o bilhete da czarina, seus olhos se arregalaram e pareceu assustada. Olhou para ele, surpresa, e ele acenou com a cabeça. Tinha sido sugestão sua. A czarina convidava Danina para ficar num de seus chalés de hóspedes durante sua convalescença. Lá, poderia ser bem cuidada e ter a longa recuperação de que precisaria, sem atormentar-se por estar tão perto do balé. Estar em Tsarskoe Selo seria mais sossegado, poderia ser bem supervisionada, bem cuidada e convalesceria da maneira que necessitava, para recuperar-se plenamente e retornar ao balé.

Quando deixaram o quarto de Danina naquela tarde, o médico perguntou a madame Markova sua opinião quanto ao convite da czarina. Ela ainda estava um pouco surpresa. Era um convite extremamente lisonjeiro, mas não tinha ideia de como Danina reagiria. Estava tão envolvida com a escola de balé que madame Markova não conseguia imaginá-la longe, mesmo não podendo dançar. Apesar de admitir que olhar durante vários meses as outras dançarem sem poder acompanhá-las certamente a enlouqueceria.

– O afastamento poderia ser muito bom para ela – admitiu madame Markova –, mas não estou certa de que conseguirei convencê-la. Durante 12 anos, ela nunca nos deixou, exceto no último verão, para visitar Livádia.

– Mas ela gostou, não foi? Isso seria muito semelhante. Além disso, poderei cuidar dela. É difícil para mim afastar-me com tanta frequência como nesses últimos dias. Tenho minhas responsabilidades com o czaréviche.

– Foi muito bom para ela – admitiu abertamente madame Markova. – Não sei o que teríamos feito sem o senhor.

– Não fiz absolutamente nada para ajudá-la – disse ele com modéstia –, exceto rezar, como a senhora. Ela teve muita sorte. Acho que a czarina e as crianças ficarão desapontadas se ela não for. – E, então, lembrou a madame Markova, gentilmente, o que ela já sabia. – É um convite muito incomum. Acredito que Danina realmente apreciaria.

– Quem não apreciaria? – Madame Markova riu, francamente. – Tenho ao menos 12 bailarinas, ou mais, que ficariam mais do que felizes em estar em seu lugar, em Tsarskoe Selo. O problema é que Danina é diferente. Ela nunca quer sair daqui, tem medo de perder alguma coisa. Nunca vai às compras, passear ou ao teatro. Ela dança e dança... e dança; depois assiste à dança dos outros e dança um pouco mais. Além disso, é muito ligada a mim. Talvez por não ter uma mãe. – E era óbvio que madame Markova a amava verdadeiramente.

– Há quanto tempo ela está aqui? – perguntou o médico, com interesse. Estava fascinado por ela; era como um pássaro raro e delicado que havia pousado em seus pés com uma asa quebrada, e queria fazer tudo o que pudesse para ajudá-la, até mesmo interceder por ela junto ao czar e à czarina. Não era uma tarefa difícil, pois eles também a admiravam e amavam. Era impossível não admirar alguém com tanto talento.

– Está aqui há 12 anos – madame Markova respondeu à sua pergunta. – Desde os 7 anos. Está com 19 agora, quase 20.

– Talvez umas pequenas férias lhe façam bem. – O médico era firme quanto a isso. Achava importante.

– Concordo. O problema será convencê-la. Falarei com ela sobre isso quando estiver um pouco mais forte.

O médico visitou-a todos os dias depois disso, e, após alguns dias, madame Markova tocou no assunto com ela. A princípio, Danina ficou surpresa e feliz com o convite da família imperial, mas não tinha intenção de aceitar.

– Não posso deixá-los – disse, simplesmente, para madame Markova. Estava debilitada por sua recente proximidade com a morte, e o balé era seu único lar. Não queria recuperar-se entre estranhos, mesmo que fossem da realeza. – Você não vai me obrigar a ir, vai? – perguntou com um ar preocupado.

Porém, quando tentarem levantá-la, tanto ela quanto madame Markova perceberam o impacto causado pela doença. Não conseguia sentar-se numa cadeira sem quase desmaiar, e precisava ser apoiada para sua própria segurança. Para ir ao banheiro, tinha de ser carregada.

– Precisará de um cuidado constante – explicou o doutor, numa das visitas –, e por algum tempo, Danina. Será uma carga muito grande para as pessoas daqui. Elas já estão muito atarefadas ajudando-a. – Ela sabia que era verdade e que era um peso para todos, em especial para madame Markova, mas ainda não queria deixá-las. Eram seu lar e sua família. Não conseguia pensar na ideia de ir embora. Naquela noite, chorou quando conversou com madame Markova sobre a questão.

– Por que não vai por um tempo? – sugeriu madame Markova. – Até ficar um pouco mais forte. Foi um convite tão gentil, e você realmente poderá gostar.

– Tenho medo – respondeu, simplesmente. Todavia, na manhã seguinte, madame Markova insistiu que Danina aceitasse. Além de achar que faria bem a ela, tinha receio de ofender a czarina ao recusar seu generoso convite. Era raro, se é que já se ouvira falar em outro caso, ser convidado a convalescer em Tsarskoe Selo, e ela estava muito grata ao Dr. Obrajensky por arranjar aquilo. Ele provara que, além de bom, era extraordinariamente atencioso e tinha uma preocupação genuína em relação a Danina. Suas visitas diárias tinham feito maravilhas para alegrá-la. Ao menos espiritualmente, estava quase normal. Seu corpo é que não queria, ou não era capaz de recuperar-se tão rápido.

– Acho que deveria ir – disse madame Markova com firmeza. E, finalmente, no fim da semana, ela e o médico chegaram a um acordo. Danina precisava ir, querendo ou não. Era para seu próprio bem. Sem os cuidados adequados, poderia nunca se recuperar completamente e ser capaz de dançar outra vez. Finalmente madame Markova falou-lhe às claras. – E se sua teimosia lhe custar o balé para sempre? – disse, com um ar bem sério.

– Acha que isso poderia acontecer? – Os olhos de Danina estavam cheios de medo.

– Poderia – disse madame Markova, parecendo preocupada. – Você esteve muito doente, minha querida. Não deve brincar com o destino, sendo teimosa ou boba. – Eles a convidaram para ficar indefinidamente, até estar bem e em condições de retornar ao balé. Fora um convite extraordinário, até mesmo Danina tinha consciência disso. Estava sendo infantil e não queria abandonar a segurança do ambiente familiar e das pessoas que conhecia.

– E se eu for só por algumas semanas? – Era uma concessão muito pequena de sua parte, mas ao menos era um começo.

– Ainda não poderá dançar. Ao menos vá por um mês, e veremos como se sentirá. Se detestar, sempre poderá voltar e continuar sua convalescença aqui. Mas ao menos vá por um mês, e poderá ficar mais se desejar, já que eles foram tão gentis em convidá-la. Prometo que irei visitá-la.

Era um compromisso difícil para Danina, mas ela finalmente concordou. No dia da partida, chorou rios de lágrimas ao pensar que abandonaria seus amigos e sua mentora. – Não a estamos mandando para a Sibéria – lembrou-lhe madame Markova carinhosamente.

– Mas é como se fosse. – Danina sorriu em meio às lágrimas, triste por deixá-los. – Sentirei muito sua falta – falou, agarrando a mão de madame Markova. Um trenó especial, coberto, foi enviado para sua jornada. Era quente e confortável, cheio de peles e mantas pesadas. A czarina não poupara nada para ela. E o Dr. Obrajensky veio acompanhá-la. Contudo, antes de vir examinou tudo para ela na casa de hóspedes, que era quente e confortável, e teve certeza de que ela ficaria feliz ali. Também levou uma mensagem de Alexei, que mal podia esperar para vê-la, e disse que tinha um novo truque de cartas para ensinar-lhe.

Os dançarinos estavam enfileirados para vê-la partir, e todos acenaram quando o trenó saiu, com o médico sentado ao seu lado. Estava tão nervosa que ele segurou uma de suas mãos e, com a outra, ela acenou freneticamente para os que ficavam. Antes mesmo de chegarem a Tsarskoe Selo, estava exausta pelas emoções da partida.

– É minha vida inteira, sabe. Não conheço nada além daquilo. Estou lá há tanto tempo que nem consigo me imaginar em outro lugar, mesmo que por um minuto. – Explicou-lhe enquanto viajavam, mas ele já compreendera. Como sempre, foi gentil e simpático.

– Você não perderá nada estando longe por um período. Recuperará suas forças, Danina, como deve, e eles estarão esperando por você quando puder voltar. Estará melhor do que nunca. Confie em mim. – Ela confiou e ficou grata por seu apoio e companheirismo durante a viagem. Era tão fácil estar com ele. Era fácil ver por que toda a família imperial o amava.

Logo que chegaram, ele a instalou confortavelmente na pequena casa de hóspedes, mais luxuosa do que qualquer coisa com que ela já havia sonhado. O quarto era coberto de cetim cor-de-rosa, e a sala de estar era decorada em lindos tons de azul e amarelo. Havia belas antiguidades por todos os lados, uma cozinha onde seriam preparadas suas refeições, quatro criados para cuidar dela e duas enfermeiras. Meia hora após sua chegada, a czarina visitou-a e trouxe consigo Alexei, para que ele pudesse mostrar-lhe o truque de cartas. Ambos ficaram chocados ao ver o quanto estava abatida, mas felizes por ela ter aceitado recuperar-se ali. Ficaram por pouco tempo, para não cansá-la, e o médico os acompanhou quando se foram. Não queria cansá-la também, e prometeu voltar pela manhã para certificar-se de que estava "se comportando".

Foi estranho para ela estar ali naquela noite, sem todas as pessoas que lhe eram familiares e sem as meninas com quem estava acostumada a dormir. Apesar do ambiente luxuoso, sentiu-se solitária. E espantou-se quando a enfermeira entrou no quarto para informar-lhe sobre um visitante que acabara de chegar. O Dr. Obrajensky havia retornado para vê-la. Eram 20 horas. Ela não o esperava até a manhã seguinte e surpreendeu-se com a inesperada visita.

– Estava voltando para casa – explicou – e pensei em ver como está passando. – Examinou-a cuidadosamente com os olhos e pôde perceber que suas suspeitas estavam corretas. Ela parecia um pouco triste. – Tive a sensação de que poderia estar se sentindo muito sozinha.

– E estava mesmo – confessou-lhe timidamente, imaginando como ele saberia. Parecia compreendê-la tão profundamente. – Suponho que seja uma bobagem de minha parte. – Estava envergonhada por parecer tão mal-agradecida.

– É claro que não – disse ele, puxando uma cadeira para perto de sua cama e sentando-se a seu lado. – Você está acostumada a viver numa comunidade. – Ele vira o quarto que dividia com outras cinco dançarinas e conhecera muitas delas quando a visitara. – É uma mudança muito grande ficar aqui sozinha. – E ainda era tão jovem, tinha só 19 anos. Era tão disciplinada e madura em algumas coisas, mas extremamente protegida e infantil em outras. E ele adorava isso nela. – Existe alguma coisa que eu possa fazer para tornar as coisas mais fáceis para você?

– Não, adoro suas visitas. – Sorriu-lhe. Aquela a havia tocado especialmente, pois ele parecera entender exatamente o que ela sentia.

– Então terei que visitá-la com mais frequência – prometeu ele. Era fácil para ele vê-la agora, uma vez que a distância a pé entre o chalé e o Palácio Alexandre era pequena. Sabia que Alexei e suas irmãs planejavam fazer-lhe companhia, era essa a sua intenção e a razão de sua vinda. – Não ficará sozinha por muito tempo, e logo poderá fazer caminhadas e ir até o palácio, quando estiver mais forte. – Ainda não conseguia atravessar o quarto sem assistência. – Minha previsão é de que logo se sentirá melhor.

Sentiu-se boba pela sensação de solidão. Todos estavam sendo tão gentis com ela. Apesar de sentir saudades de suas amigas e de madame Markova, repentinamente sentiu-se feliz por estar lá.

– Obrigada por organizar tudo – disse, grata. – Estou feliz por estar aqui.

– Estou feliz que tenha vindo, Danina – disse ele, parecendo relaxado e um pouco cansado. Era o fim de um longo dia para ele, e ela estava certa de que estaria ansioso para chegar em casa e estar com a mulher e os filhos. Sentiu-se culpada por mantê-lo ali, mas gostou de estar com ele. – Teria ficado muito desapontado se não houvesse vindo.

– Eu também – admitiu ela, com um sorriso que tocou seu coração profundamente, apesar de ela não saber. – Esta casa é encantadora. Ela olhou em volta com admiração, ainda maravilhada pelo luxo que generosamente lhe ofereciam. Nunca vira algo semelhante.

– Achei que gostaria. – Sorriu carinhosamente para ela.

– Seria difícil não gostar – admitiu ela.

– Vai sentir muita falta de dançar? – perguntou ele, sabendo a resposta, mas fascinado com sua vida de bailarina.

– Vivo para a dança – disse ela. – É a única vida que conheço, a única que desejo. Não consigo me imaginar existindo sem ela. Sem poder dançar, provavelmente morreria. – Ele acenou que entendia, observando seus olhos e seu rosto. Adorava conversar com ela. E, agora que se sentia melhor, tinha um delicioso senso de humor.

– Dançará novamente em breve, Danina, eu prometo. – Não tão breve. Ainda havia um longo caminho a percorrer antes de estar suficientemente forte, e ambos sabiam disso. – Deve pensar em alguma outra coisa para fazer enquanto isso. – O médico havia lhe trazido uma pilha de livros, e ela se determinara a lê-los. Nunca tinha tempo para ler quando estava dançando.

– Gosta de poesia? – perguntou ele, cauteloso, não querendo parecer bobo e pedante, mas era uma de suas paixões.

– Muito – afirmou ela.

– Trarei alguns livros amanhã. Tenho uma preferência pelas obras de Pushkin. Talvez você também o aprecie. – Ela já tinha lido alguma coisa dele, anos antes, e gostaria de ler mais de sua obra, já que tinha tempo. – Virei vê-la amanhã, depois de Alexei. Talvez possa almoçar aqui, para que não se sinta solitária. – Com isso, levantou-se, mas parecia relutante em abandoná-la. – Ficará bem esta noite, não? – Estava preocupado com ela, não queria que se sentisse infeliz.

– Ficarei – disse ela com um cálido sorriso. – Prometo. Agora vá para casa, para sua família, ou eles pensarão que sou um terrível estorvo.

– Sabem o que é viver com um médico. Até amanhã, então – disse ele, na porta, e ela acenou de sua cama, pensando novamente em sua bondade e na sorte que tinha por conhecê-lo.

3

O livro que o Dr. Obrajenski trouxe no dia seguinte era tão bonito que provocou lágrimas nos olhos de Danina enquanto ele lia para ela. Aos poucos, ele descortinava um mundo que ela nunca conhecera ou sonhara, um mundo de buscas intelectuais e interesses mentais. Naquela manhã ela havia começado a ler um dos romances que ele lhe trouxera. E durante o almoço conversaram sobre ele. Como os poemas que trouxe, era um de seus favoritos. E o tempo que passaram conversando pareceu voar.

Espantaram-se ao descobrir que eram 16 horas quando ele saiu, detestando admitir que ela parecia exausta.

– Não deveria estar cansando você, logo eu – disse, com um ar de remorso. – De todas as pessoas, eu deveria ser o primeiro a poupá-la.

– Estou bem – afirmou ela, tendo realmente apreciado o tempo que passaram juntos. Ela almoçara na cama, e ele ficara em uma mesinha próxima.

– Quero que durma agora – disse ele carinhosamente, ajudando-a a acomodar-se melhor na cama e arrumando os travesseiros. Era uma tarefa que a enfermeira poderia desempenhar, mas gostava de fazê-lo. – Durma o máximo que puder. Jantarei no palácio esta noite e, no caminho para casa, virei ver como está, se for bom para você. – Era o que havia feito na noite anterior e ela gostara muitíssimo. Dissipara sua sensação de solidão.

– Gostaria muito – disse ela, parecendo sonolenta. Ele apagou as luzes próximas e saiu silenciosamente do quarto, virando-se para olhá-la, da porta. Seus olhos estavam fechados e, quando saiu da pequena casa, ela já adormecera. Dormiu calmamente até a hora do jantar.

Quando acordou, encontrou um desenho ao lado da cama. Alexei viera visitá-la naquela tarde e a enfermeira informou que ela estava dormindo. Ele havia lhe deixado um desenho sobre quando ela tentou nadar no verão passado. Como a maioria dos meninos de sua idade, adorava caçoar dela. Sentia-se especialmente à vontade por ela ser da mesma idade que suas irmãs.

Naquela noite, jantou uma sopa e estava tomando o chá quando o Dr. Obrajensky retornou para vê-la, a caminho de casa, ao sair do Palácio Alexandre. Parecia estar de bom humor e contou-lhe tudo sobre o jantar. Jantava com a família imperial várias vezes por semana; na realidade, mais vezes sim do que não.

– São pessoas maravilhosas – disse com carinho. Era um grande admirador do czar e da czarina. – Têm uma grande responsabilidade, muitas obrigações. O mundo está passando por tempos difíceis, especialmente com a guerra. Há muita agitação nas cidades. E, é claro, a saúde de Alexei é sempre uma grande preocupação para eles. – Sua hemofilia demandava a presença de um médico perto dele a todo instante. Por isso, o médico passava tanto tempo com eles, apesar de dividir a responsabilidade com o Dr. Botkin.

– Deve ser difícil para o senhor – disse Danina calmamente –, precisar ficar longe de sua esposa tanto tempo, e de seus filhos. – Danina sabia que sua esposa era inglesa e que tinha dois filhos, de 12 e 14 anos.

– O czar e a czarina parecem compreender e são sempre gentis em convidar Marie, mas ela nunca vem. Detesta compromissos sociais. Prefere ficar em casa com os meninos ou simplesmente costurar, quieta. Não tem nenhum interesse pelo meu trabalho ou pelas pessoas para quem trabalho.

Era difícil para Danina acreditar, principalmente considerando quem eram. Não se tratava de patrões comuns. Não pôde deixar de imaginar se a esposa sentia ciúmes dele. Era difícil acreditar que ela fosse tão antissocial. Talvez fosse tímida ou, de algum modo, estranha.

– Seu russo não é bom, e isso torna as coisas mais difíceis para ela. Na verdade, nunca procurou aprender. – Era um antigo ponto de discórdia entre os dois, mas não contou a Danina. Teria parecido desleal reclamar de Marie com ela. Ainda assim, o intrigava que as duas mulheres parecessem ser tão diferentes. Uma tão cheia de vitalidade; a outra tão cansada, tão infeliz, tão desgostosa, constantemente desencantada com alguma coisa.

Mesmo após a doença, a energia e alegria de viver de Danina eram contagiantes. Suas conversas com ele eram para ela uma experiência nova. Fora os rapazes com quem dançava no balé, nunca tivera amigos homens, nunca fora cortejada por alguém ou tivera um romance. Seu único relacionamento com homens fora com seus irmãos, quando criança, mas quase nunca os via. Estavam sempre ocupados demais para visitá-la. Iam a São Petersburgo para vê-la dançar mais ou menos uma vez por ano; seu pai com um pouco mais de frequência. Estavam profundamente envolvidos com suas obrigações no exército.

Porém, com Nikolai Obrajensky tudo era diferente. Estava se tornando seu amigo, alguém com quem podia realmente conversar. Disse-lhe isso e ele pareceu contente em ouvir. Adorava conversar com ela, compartilhar seus livros, suas opiniões e a poesia que amava. Gostava de muitas coisas nela, e reconhecia que era uma amizade muito agradável. Quase a mencionara para Marie antes de Danina mudar-se para lá, para se restabelecer, e chegou a referir-se a ela quando estava muito doente, mas somente de passagem. Informou-lhe que havia sido chamado para tratar de uma das bailarinas, com um tipo letal de gripe. Mas Marie nunca perguntara o que havia acontecido e, quando ele passou a conhecer Danina melhor, decidiu não falar mais sobre ela. De certa forma, era mais fácil manter sua amizade em segredo.

Tempos antes, não teria agido assim, mas agora, depois de quinze anos, percebera que tinha pouca ou quase nenhuma vontade de contar a Marie sobre sua vida. Ela parecia completamente desinteressada. Não tinha nada a dizer na maior parte das vezes. Eles passaram por um momento difícil alguns anos antes, quando ela quis retornar para a Inglaterra ou ao menos mandar os filhos para estudarem lá, mas ele não havia concordado. Queria-os perto de si, onde pudesse vê-los. Agora, contudo, ela nem se aborrecia mais sobre isso. Era completamente indiferente a ele. Porém, nunca perdia a oportunidade de dizer-lhe o quanto odiava a Rússia e precisar morar naquele país. Por outro lado, o tempo que ele passava com Danina era muito mais agradável. Ela não reclamava. Amava tudo o que fazia e era uma pessoa feliz.

– Seus filhos se parecem com você? – perguntou-lhe casualmente.

– Dizem que sim. – Ele sorriu. – Na verdade, não percebo isso. Acho que são mais parecidos com a mãe. São boas crianças. Aliás, são quase rapazes. Penso neles como meninos e preciso sempre me lembrar de que já não o são. Ficam zangados comigo por isso. São muito independentes. Em breve serão homens e provavelmente partirão para o exército para servir ao czar. – Ao pensar nisso, Danina lembrou-se de seus irmãos e sentiu falta deles. Preocupava-se com eles muito mais desde que a guerra havia sido declarada no verão anterior.

Contou-lhe sobre eles, e ele sorriu, ouvindo. Ela o estava regalando com histórias sobre sua família quando se referiu a ele como "doutor" e ele olhou para ela com um ar de tristeza. Sentiu-se de repente velho e distante, e não o amigo que se tornara no pouco tempo em que se conheciam.

Apesar de tê-lo encontrado no verão anterior em Livádia, somente desde que caíra doente realmente viera a conhecê-lo. A amizade era forte e estava crescendo.

– Não pode me chamar de Nikolai? – perguntou ele. – Parece mais simples. – E muito pessoal, mas ela não pensou nisso. Gostava dele. Pediu tão humildemente que, como muitas outras coisas que dizia, emocionou-a, e ela sorriu para ele, parecendo mais uma criança do que uma jovem mulher. Sua amizade era tão inocente e inofensiva.

– É claro, se assim o prefere. Posso dirigir-me a você formalmente na frente de outras pessoas. – Parecia mais respeitoso, e ela era sensível à sua posição e à diferença de idade entre eles. Ele era vinte anos mais velho que ela.

– Parece razoável. – Ele estava contente com a combinação.

– Conhecerei sua esposa enquanto estiver aqui? – perguntou Danina, curiosa sobre ela e seus filhos.

– Duvido – respondeu, com franqueza. – Ela vai o menos possível ao palácio. Como disse, ela detesta sair e recusa todos os convites da czarina, à exceção talvez de uma vez por ano, quando se sente obrigada.

– Isso o prejudica perante a família imperial? – perguntou Danina abertamente. – A czarina fica aborrecida?

– Não que eu saiba. Se fica, é discreta demais para dizê-lo. E creio que ela percebe que minha esposa não é uma pessoa fácil. – Foi o primeiro vislumbre verdadeiro que ela teve sobre sua vida familiar. Na verdade, apesar de haverem conversado sobre muitas coisas, nada sabia sobre sua vida pessoal. Tinha-o imaginado com uma família carinhosa, com um lar feliz.

– Sua esposa deve ser muito tímida – disse Danina, bondosamente.

– Não, acho que não. – Ele sorriu tristemente. Ao contrário de Danina, havia muitas diferenças entre eles. – Ela não gosta de usar roupas elegantes e trajes de noite. É muito inglesa. Aprecia cavalgar, caçar e estar na fazenda de seu pai em Hampshire. Qualquer outra coisa a aborrece. – Não acrescentou "incluindo eu", mas gostaria de tê-lo feito. Fazia muito tempo que seu casamento era uma decepção para ambos, principalmente para ele, exceto pela existência dos filhos. Eram muito diferentes. Ela era fria e distante, indiferente em muitos sentidos. Ele era carinhoso e aberto. Marie se aborrecia com a vida que o marido levava e, em momentos de raiva, o chamava de cão de guarda do czar. Nikolai estava cansado de suas reclamações a esse respeito. Era fácil entender por que ela não tinha amigos ali, com sua frieza e seus ciúmes. Até seus filhos estavam cansados de suas reclamações. Tudo o que ela queria era voltar para a Inglaterra. Esperava que ele largasse tudo, todas as suas responsabilidades e fosse com ela, coisa absolutamente improvável. Ele a avisara que se ela fosse embora para sempre teria que ir sem ele.

– Por que ela gosta tão pouco daqui? – perguntou Danina com franca curiosidade.

– Os invernos frios e coisas do gênero, segundo ela. O tempo não é tão mais agradável na Inglaterra, apesar de ser mais frio aqui. Não gosta das pessoas ou do país. Até a comida ela detesta. – Ele sorriu. Era uma ladainha antiga.

– Ela apreciaria mais se aprendesse russo – disse Danina simplesmente.

– Já tentei explicar-lhe isso, mas é uma forma de não se comprometer em ficar aqui. Enquanto não fala russo, não está realmente aqui, ou assim acredita. Isso não torna a vida mais fácil para ela. – Foram longos quinze anos para ele, especialmente os últimos, mas não foi tão longe a ponto de explicar tudo isso a Danina. Ou o quanto se sentia sozinho. Ou como ficava feliz sentado ali, conversando com ela, compartilhando seus livros com ela. Não fosse pelos meninos, teria deixado Marie voltar para a Inglaterra anos antes. Não havia nada entre eles a não ser os filhos. – Seu pai a está amedrontando com a guerra. Ele acha que um dia haverá uma revolução. Diz que o país é muito grande para ser controlado e que Nicholas é muito fraco para isso, o que é ridículo. Ela, contudo, acredita nele. Seu pai sempre foi um pouco histérico.

Danina ouviu, com olhos preocupados. Não entendia nada sobre política. Normalmente estava muito ocupada dançando para saber o que acontecia no mundo. – Você também acredita nisso? – perguntou-lhe com ar solene. – Em uma revolução? – Ela confiava plenamente em seu julgamento.

– Nem por um instante – respondeu-lhe Nikolai. – Não acho que haja a mais remota chance de uma revolução. A Rússia é muito poderosa para que alguma coisa dessa gravidade aconteça. E o czar também. É apenas mais uma desculpa para reclamar sobre estar aqui. Diz que estou arriscando a vida de nossos filhos. Sempre foi muito influenciada por seu pai. – Ele sorriu para Danina nesse momento. Ela tinha ideias tão puras e uma mente tão aberta. Conhecia muito pouco além do balé, e era como vê-la desvendar o mundo à sua volta. Um mundo que, ele descobriu, adorava compartilhar com ela. Comparada a Danina, Marie parecia tão cansada, tão irritada e tão amarga. Morar na Rússia não melhorara sua disposição.

Marie já fora bonita e interessada nas coisas. Eles haviam partilhado muitas opiniões e interesses comuns. Ela fora fascinada pela medicina e por sua carreira, mas ressentia-se de sua posição na família imperial e de muitas outras coisas a respeito do marido. Danina não tinha nada daquilo. Por outro lado, Marie era 17 anos mais velha que Danina. Ele estava com 39 anos, e sua esposa era três anos mais nova. Danina ainda era um bebê. E ficou aliviada com a opinião dele a respeito da revolução.

– Você acha que a guerra terminará em breve? – perguntou inocentemente, e ele respondeu com um sorriso tranquilizador, apesar da quantidade de perdas, entre mortos e feridos, ser enorme até aquele momento. Todos haviam esperado que ela terminasse meses antes e, surpreendentemente, não tinha sido assim.

– Espero que sim – disse ele simplesmente.

– Preocupo-me com meu pai e meus irmãos – admitiu ela.

– Eles ficarão bem. Todos nós ficaremos. – Conversar com ele a fez sentir-se bem melhor. Ficaram juntos durante um bom tempo e, finalmente, ele levantou-se para ir embora. Ela parecia novamente cansada e ele precisava ir para casa. Não podia adiar a ida para sempre. – Virei vê-la amanhã – prometeu quando saiu, e ela ouviu seu trenó desaparecer na escuridão.

Ela estava pensando sobre as coisas que ele dissera a respeito de sua esposa e sobre seu ar de infelicidade enquanto falava sobre aquilo tudo. Parecia estar preso numa situação difícil, e ela imaginou se havia alguma coisa que ele pudesse fazer para melhorá-la. Talvez insistir para que sua mulher aprendesse o russo ou viajar com ela para a Inglaterra de vez em quando. Danina ficou chocada ao saber que ela não se interessava em compartilhar o convívio do marido com a família imperial. Era difícil entender as reações de sua esposa. Depois, percebeu-se imaginando se ele não estava sendo desnecessariamente melancólico quanto a isso. Talvez estivesse apenas cansado, refletiu, deitada na cama, pensando nele. A guerra deprimia a todos nessa época. Talvez seus comentários sobre a esposa tivessem origem nisso e em outras preocupações que ele havia mencionado.

Nunca lhe ocorreu, nem por um instante, que ele pudesse querer muito mais dela ou que tivesse algum interesse que fosse além da condição de seu médico. Afinal, era casado e tinha uma família. E, mesmo tendo algumas queixas sobre a mulher, certamente ela não era tão ruim como lhe fazia parecer. Para Danina, que via o mundo pelo menor dos telescópios, de seu pequeno universo no balé, tudo parecia muito simples, e casamentos eram sagrados. Estava certa de que ele era mais feliz com Marie do que parecia ou admitia.

Nas duas semanas seguintes, não mencionou sua esposa quando Nikolai a visitava. Danina já conseguia jantar à mesa e, numa tarde ensolarada de janeiro, ele a levou para um breve passeio no jardim. O ar a revigorou e ela riu e caçou por ele levar a vida tão a sério. A essa altura, ele já lhe emprestara vários livros de poesia e ela lera quatro de seus romances favoritos. Naquela tarde, quando Alexei chegou para o chá, Nikolai ficou e os acompanhou. Depois jogaram cartas e Alexei venceu, para seu absoluto prazer, e gritou de alegria quando Danina acusou-o de estar roubando.

– Não roubei! – disse ele, ofendido. – Você jogou muito mal, Danina – falou diretamente e ela fingiu estar insultada.

– Como ousa! Joguei brilhantemente. Estou convencida de que você roubou. – Nikolai divertia-se observando-os e vendo o bom humor entre eles.

– Não roubei, e, se me acusar, quando eu for czar me lembrarei disso e mandarei cortar sua cabeça.

– Acho que ninguém mais faz isso. – Danina voltou-se para Nikolai – Faz?

– Se eu quiser, farei – anunciou Alexei, parecendo encantado com a ideia. – E talvez mande cortar seus pés também, para que não possa mais dançar, e suas mãos, para que não possa mais jogar cartas.

– Acho que não poderei fazer nenhuma dessas coisas se você me cortar a cabeça, de qualquer modo. Creio que isso será suficiente. – Danina sorria quando disse isso.

– Bem, nesse caso, vou cortar o resto. – A ideia, para ele, era deliciosamente sangrenta. Depois, sem mais nem menos, olhou para ela com interesse. – Posso ir vê-la dançar um dia em São Petersburgo? Quando voltar para lá, quero dizer. Realmente adoraria.

– Eu também – disse ela, carinhosamente.

– Mas, por mim, você ainda deve demorar muito até voltar para lá. Portanto, não pode ser logo. – E lembrou-se: – Minha mãe pediu-me que lhe perguntasse se está bem o suficiente para jantar conosco. – E, nesse momento, voltou-se para Nikolai. – Está?

– Talvez na próxima semana. Ainda é um pouco cedo. – Ela estava ali havia apenas duas semanas, ainda andava com certa insegurança e se cansava muito rapidamente.

– Não trouxe nada para usar – lamentou ela.

– Poderá usar sua camisola de dormir – disse ele num tom prático. – Estou certo de que ninguém perceberá.

– Que embaraçoso. – Ela riu perante a ideia, mas realmente não tinha nada que pudesse usar para um jantar com a família imperial.

– Tenho certeza de que uma das meninas poderia emprestar-lhe alguma coisa – disse Alexei, polidamente. Ela era praticamente do mesmo tamanho que suas irmãs.

– Você estará lá? – perguntou Danina a Nikolai, inocentemente, esperando que ele estivesse. Sentia-se tão à vontade com ele, que seria mais fácil se ele estivesse. Jantar com a família imperial ainda a intimidava bastante.

– Talvez – respondeu, sorrindo para ela. – Ainda não me informaram a respeito, mas, se estiver de plantão naquela noite, estarei lá. – E ele sabia que, mesmo se não houvessem planejado incluí-lo, poderia ajustar seu horário de forma que ficasse de plantão. Ambos os médicos eram bastante flexíveis com relação ao horário. Seu colega tinha mais razões para ir para casa à noite do que Nikolai e ficava feliz quando o trabalho noturno caía sobre o jovem médico.

Nikolai finalmente levou Alexei de volta ao palácio e Danina deitou-se. Quando acordou, surpreendeu-se ao ver Nikolai no seu quarto, observando-a, com o semblante preocupado.

– Algum problema? – Imaginou que poderia ter acontecido alguma coisa; havia uma expressão em seus olhos que a inquietava, mas não sabia o que significava. Ele não sabia como dizer.

– Só queria ver como você estava. Fiquei preocupado porque andou muito esta tarde, considerando que foi sua primeira saída ao jardim.

– Estou bem – disse ela, sentando-se e olhando para ele. Estava louca para exercitar-se, mas sabia que não estava pronta para isso. Era muito frustrante, e ela pensava quanto tempo levaria para se preparar novamente quando retornasse ao balé. Receava que seus músculos e ligamentos esquecessem que era uma dançarina. – Acabei de dormir por duas horas. Foi divertido jogar cartas com Alexei.

– Por falar nisso, ele rouba mesmo. Sempre ganha de mim – disse Nikolai, num amplo sorriso. – Você o pegou em cheio. E ele adorou. No caminho para casa, falou o tempo todo sobre cortar sua cabeça e a imundície que seria, e o quanto se divertiria.

– Não acho que seja uma atitude muito imperial. – Ela sorriu maliciosamente para Nikolai, gostando de vê-lo novamente e imaginando se estaria a caminho do jantar. Perguntou; ele respondeu que sim. Era sua noite de plantão no palácio.

– Tentarei passar por aqui depois, mas poderá ser tarde e acho que talvez você esteja cansada, depois da caminhada no jardim. – Quando acabou de falar, a enfermeira trouxe a bandeja do jantar. Ela estava se recuperando muito bem. Recebera uma carta de madame Markova naquela tarde, dizendo-lhe que não apressasse seu retorno ao balé, mas ainda sentia-se muito culpada por não estar dançando.

Madame Markova relatara-lhe todas as novidades, inclusive que uma das outras meninas havia caído gripada, mas felizmente fora um caso mais brando. Ficara doente por dois dias e não tivera febre. Tivera muito mais sorte do que Danina.

O médico demorou-se mais um pouco conversando com ela, até que, relutante, deixou-a para jantar no palácio. Sentada na cama, tomando o chá, ela pensou nele. Era um homem gentil, carinhoso e bom, e sentia-se grata por sua amizade. Não houvesse intercedido por ela, Danina nem estaria na casa de hóspedes do czar, vivendo no luxo, sendo paparicada por criados e enfermeiras. Era extraordinário pensar como todos haviam sido gentis e como tinha sorte por haver sobrevivido e estar ali.

Ele não retornou para ver Danina naquela noite, e ela deduziu que o jantar terminara muito tarde. Ou que Alexei não estivesse bem, ou, simplesmente, que Nikolai tivesse que dar atenção à família para a qual trabalhava com tanto zelo. Permaneceu na cama lendo um dos livros que ele lhe emprestara e ficou até tarde acordada para terminá-lo. Tinha acabado de vestir-se quando ele apareceu no chalé, na manhã seguinte, para perguntar sobre sua paciente.

– Dormiu bem? – perguntou, solícito. Ela sorriu, respondendo que sim, e devolveu-lhe o livro, contando o quanto o tinha apreciado. Ele pareceu contente ao ouvir, e trouxera-lhe mais três. – A czarina falou sobre você na noite passada; deseja oferecer-lhe um pequeno jantar. Somente alguns amigos de São Petersburgo, nada muito cansativo. Você acha que se sente bem para algo assim? – perguntou, parecendo preocupado.

Havia avisado à czarina que talvez fosse um pouco cedo, mas Danina pareceu maravilhada perante a ideia.

– Talvez daqui a uns dias… O que acha, doutor?

– Acho que está fazendo um excelente progresso. – Sorriu para ela. – Só não quero que se esforce demais. Eu mesmo a levarei e, no instante em que se sentir cansada, a trarei de volta.

– Obrigada, Nikolai – disse gentilmente. Depois, foram caminhar no jardim. O dia estava frio e o vento mais forte que no dia anterior, e ele a trouxe para casa em poucos minutos. Ainda segurava a mão dela na sua quando voltaram, e nenhum deles pareceu perceber. A face de Danina estava bem rosada e seus olhos brilhavam, parecia mais saudável desde sua chegada, mas ainda tinha um longo caminho pela frente até poder retornar ao balé. Havia começado a exercitar-se meia hora por dia e contou ao médico a respeito. Na cabeça dele, porém, não conseguia imaginar-se deixando-a retornar ao balé ao menos até abril. Precisava estar bem e forte antes que pudesse sequer pensar nisso. Ainda tinha longos meses de recuperação pela frente e nenhum deles estava contrariado com isso. Ela tinha saudades das pessoas do balé, que eram como uma família para ela, mas, em poucas semanas ali, já se sentia inteiramente em casa. A ideia do jantar da czarina a cativava muitíssimo.

Ele ficou para almoçar naquele dia e, como sempre, partiu logo depois, para cuidar de suas obrigações no palácio. Como fazia com muita frequência, voltou naquela tarde e mais uma vez após o jantar. Era uma rotina com a qual ambos se sentiam à vontade, e com a qual ela já contava.

No dia seguinte, ele deu à czarina seu aval para organizar o jantar para Danina. Somente os amigos mais íntimos estariam presentes, alguns parentes e, é claro, os filhos. O czar retornara ao front com suas tropas, portanto não estaria presente.

Na semana seguinte, as grã-duquesas enviaram a Danina alguns vestidos por intermédio de Demidova, criada de sua mãe, e dois deles caíram-lhe esplendidamente. Seu corpo era um pouco mais delgado que o delas, especialmente agora, depois da doença, porém, apertando um pouco a faixa do vestido que mais lhe agradou, ela o vestiu com perfeição. Era de um veludo azul que mostrava seu corpo excepcionalmente bem, adornado com pele de zibelina. Acompanhavam-no um manto, um chapéu e as luvas, que a possibilitariam viajar bem protegida a curta distância até o palácio. Na noite da festa, Danina estava tão excitada que não cabia em si. Ficou na cama a tarde inteira para recuperar as forças, e quando Nikolai chegou ao chalé, ainda estava se arrumando. Enquanto a aguardava, leu um dos livros de poesia que lhe emprestara e serviu-se com uma xícara de chá bem quente, do samovar de prata que estava sobre a mesa. Com o passar do tempo, passara a sentir-se em casa ali. Quando ouviu um barulho na porta, voltou os olhos naquela direção, ainda segurando o chá, e sorriu quando a viu. Estava linda na roupa emprestada. Seus cabelos escuros brilhantes eram da mesma cor que a pele que enfeitava o vestido.

– Está magnífica – disse ele com uma expressão de admiração. – Temo que ofuscará todas as outras, até mesmo as grã-duquesas e a czarina.

– Duvido muito, mas é muita gentileza sua dizer isso. – Fez uma pequena reverência, como no palco, mas ainda pôde perceber a fraqueza de suas pernas quando lentamente se ergueu.

Ele não tinha palavras para dizer-lhe o que sentiu quando olhou para ela. Não podia imaginar como essa bela criatura tinha entrado em sua vida, tão elegante, tão graciosa, tão encantadora. Estava tomado por sua vitalidade e sua beleza. Jamais vira ou conhecera alguém como ela.

– É verdade, está linda, minha querida. Vamos? – perguntou ele, e Danina concordou com um aceno da cabeça, enquanto ele a auxiliava a vestir o manto de pele de zibelina.

Ela comentou novamente o quanto as grã-duquesas foram generosas por emprestá-lo.

Viajaram a curta distância até o palácio em seu trenó, e ele cuidadosamente cobriu-a com uma manta pesada. A noite estava clara e fria, e havia milhões de estrelas no céu. Cada uma delas parecia refletir-se nas velas que queimavam nas janelas do palácio. Ele a levou rapidamente para dentro e conduziu-a pelas escadas até o andar superior, onde havia um grande salão, lindamente decorado, todo feito de palha de seda e brocados, com mármore, malaquita e preciosidades por todos os lados. Era um cômodo menos formal que muitos outros. Com o fogo queimando na lareira, a luz de velas e a calorosa recepção, Danina se sentiu mais em casa do que nunca, ou mais feliz do que jamais fora. Estar ali com a família imperial, Nikolai e os amigos deles parecia um sonho. Alexei grudou nela durante todo o jantar. Sentou-se a seu lado, e Nikolai ficou do outro, para que pudesse "observar sua condição" mais de perto. Mas, naquela noite não havia nada a observar a não ser sua alegria e o prazer de seus amigos ao vê-la. Todos a acharam graciosa, bonita e charmosa.

Conversaram sobre o balé e ficaram surpresos ao vê-la conhecer tantos assuntos. Graças a Nikolai, nas últimas semanas ao menos, tinha lido e aprendido muito. Parecia absorver novas informações como uma esponja e lembrava-se de tudo o que ele lhe dissera. Ouvindo-a, ele se sentia estranhamente orgulhoso, como se ela fosse sua filha ou uma criação sua.

Permitiu que ficasse mais e depois, finalmente, já passando das 23 horas, quando a viu mais pálida e parecendo um pouco menos animada, decidiu que era conveniente retirarem-se. Disse algo discretamente à czarina, e, depois, gentilmente disse a Danina que achava melhor ela ir para casa naquele instante. A primeira noite havia sido muito agitada para ela. Apesar de ter adorado cada minuto, não discutiu. Detestava admitir, mas estava exausta, e ele podia perceber. Mas ela ainda sorria ao recostar sua cabeça e olhar as estrelas, quando retornavam para o chalé.

Quando ele a acompanhou para entrar na casa, ficou muito próximo a ela e envolveu seus ombros com o braço por um instante. Ela apoiou a cabeça nele, um pouco pela fadiga, porém mais pela tranquilidade que compartilhavam e por sua gratidão por tudo o que ele havia feito por ela.

– Me diverti muito, Nikolai... obrigada por me deixar ir... e por ter organizado tudo para mim... todos foram tão gentis comigo, foi uma noite maravilhosa. – E mencionou um dos convidados que tinha sido muito engraçado. – Foi uma pena o czar não estar presente. – Todos disseram que sentiam sua falta. Sorriu, então, olhando para seu amigo. – Foi uma linda festa.

– Todos estavam encantados com você esta noite, Danina. O conde Orlovsky achou-a especialmente charmosa. – Já passava dos 80 anos e flertou com ela desavergonhadamente a noite toda, mas até sua esposa achou aquilo divertido. Ao longo dos 65 anos de casamento, sempre agira exatamente assim com muitas mulheres bonitas, mas não passava daquilo.

– Alexei ficou muito desapontado por eu não jogar cartas com ele esta noite – disse ela enquanto tirava o manto. Era uma sensação estranha virem para casa juntos e falarem sobre a noite, quase como se estivessem casados. – Não joguei com ele – explicou ela – porque não queria ser indelicada com os outros.

– Poderão jogar cartas em outra oportunidade. Talvez amanhã, se ambos estiverem dispostos. Temo que ele esteja muito cansado. E você? – Olhou para ela com olhos preocupados. – Como se sente, Danina?

Seus olhos pareciam vibrantes quando ela respondeu, o azul brilhando mais forte que nunca.

– Sinto-me feliz e maravilhosa, como se esta houvesse sido a noite mais linda de minha vida. – Continuou olhando para ele, com um pequeno sorriso, enquanto ele andava lentamente em sua direção. Ainda vestia o casaco.

– Nunca conheci ninguém como você – disse ele suavemente, bem na frente dela, os olhos voltados para ela, e, naquele momento, esqueceu inteiramente quem Danina era. Não era uma primeira-bailarina e tampouco sua paciente. Era sua amiga, uma mulher que o fascinava, por quem se havia enamorado, sem nem mesmo esperar que algo pudesse acontecer. – Você é verdadeiramente extraordinária – disse ele num murmúrio e, depois, deixou-a sem respiração com suas palavras, quando os olhos dela se abriram de espanto. – Danina… Eu a amo… – E sem esperar sua resposta, curvou-se carinhosamente em sua direção e a beijou. Manteve-a em seus braços. Ela surpreendeu-se ao perceber o quanto ele era forte, e, sem pensar, manteve-o perto de si e o beijou em resposta. Mas, após um instante, já se afastara dele e o olhava, apavorada. O que tinham feito? O que fariam agora? Se fizessem aquilo estragariam tudo.

– Eu… Eu não… nós não podemos… não devemos, Nikolai… Não sei o que aconteceu… – Havia lágrimas de aflição em seus olhos quando ele tomou suas mãos nas suas. Foi o primeiro homem a quem beijara, ou que a beijara. Aos 19 anos, ele lhe abrira uma porta nova, e ela não tinha ideia do que fazer.

– Sei exatamente como aconteceu, Danina – disse ele, soando mais calmo do que na verdade se sentia. Enquanto olhava para ela, seu coração batia forte. E estava apavorado com a ideia de perdê-la. Talvez seu gesto ousado a houvesse afastado para sempre, e isso o enchia de pavor. O que quer que acontecesse, ele não poderia perdê-la. – Apaixonei-me por você na primeira vez em que a vi. Nunca pensei que sobreviveria àquela noite. Fui enfeitiçado por você em todos esses dias, você foi uma ilusão de graça e beleza, uma borboleta machucada que não acreditei que seria poupada. Não tinha ideia de quem você era, não sabia nada sobre você… até agora… até vir para cá e conversarmos todos os dias. Amo tudo em você, sua mente, seu espírito, seu coração bondoso… Danina, não posso viver sem você. – Era um pedido de clemência e um presente que ele lhe dava, e ela sabia disso.

– Mas, Nikolai, você é casado – disse ela, com lágrimas nos olhos e um olhar de sofrimento. – Não podemos fazer isso. Não devemos… precisamos esquecer…

– Não sou casado, apenas no nome. Você sabe disso, até mesmo pelo pouco que lhe contei. Certamente deve tê-lo percebido. Nunca fiz nada assim antes… juro… você é a primeira mulher a quem já amei. Não estou certo de que Marie e eu algum dia nos amamos. Não assim. E, certamente, não agora. Danina, juro a você… ela me odeia.

– Talvez você esteja errado, talvez não compreenda verdadeiramente os sentimentos dela ou sua infelicidade por estar na Rússia. Talvez você devesse mudar-se para a Inglaterra com ela. – Depois, virou-se para ele e disse as palavras que ele mais temia, à exceção de ouvi-la dizer que não o amava. Porém, no momento em que ela o beijou, ele soube que o amava. Ela sentia o mesmo por ele, apesar de estar petrificada de medo de admiti-lo. – Preciso voltar para São Petersburgo. Você deverá deixar-me. Não posso ficar aqui.

– Não pode voltar. Não está forte o suficiente para viver naquela construção gelada ou para dançar. Ainda levará meses para recuperar-se o suficiente e cairá doente outra vez. Poderia ser desastroso. – Ele estava quase em lágrimas quando disse: – Imploro, não vá embora daqui. – Ele não podia suportar a ideia de estar distante.

– Não posso ficar perto de você... nós sabemos agora que carregamos em nossos corações um segredo terrível, um pecado horroroso pelo qual seremos punidos.

– Já vivi minha punição por 15 anos. Não pode condenar-me a isso para sempre.

– O que está me dizendo? – Seus olhos pularam e ela cobriu sua boca com as mãos, aterrorizada com o que ele estava lhe propondo.

– Estou dizendo que farei qualquer coisa por você. Deixarei minha mulher, minha família... Danina, farei qualquer coisa para ficar com você.

– *Não* deve fazer isso, nem mesmo dizê-lo. Não posso pensar na ideia de você fazer uma coisa tão horrível... Nikolai, pense em seus filhos! – Estava em prantos quando disse isso, mas ele também, quando respondeu.

– Pensei neles milhares de vezes, todos os dias, desde que a conheci, mas não são mais bebês. Estão com 12 e 14 anos, em poucos anos serão homens, e não posso viver com uma mulher que não tolero pelo resto da minha vida em honra a eles... nem renunciar à única mulher a quem já amei. Danina, não fuja, por favor... fique aqui comigo... conversaremos sobre isso... não farei nada que você não queira. Prometo.

– Então não deverá nunca mais falar sobre isso. *Nunca*. Devemos ambos esquecer o que disse, se pudermos. Não posso ser nada para você além do que sou. Sua vida é aqui, com o czar e sua família. A minha é no balé. Não posso me dar a você, não tenho nenhuma vida para lhe dar. Minha vida pertence ao balé, até que fique muito velha para dançar, e, então, a darei às crianças, como madame Markova.

– Está me dizendo que precisa ser uma freira para ser uma dançarina? – Era a primeira vez que ele ouvia aquilo, apesar de saber que ela nunca se apaixonara ou se relacionara com homens, pois lhe contara numa de suas conversas.

– Madame Markova diz que uma vida impura, uma vida com homens, perturba a atenção. Não se pode ser uma grande dançarina quando se quer ser uma meretriz. – Ela falou aquilo abruptamente e ele ficou pasmo.

– Não estava sugerindo que você fosse uma meretriz, Danina. Estava lhe dizendo que a amo e quero casar-me com você, se Marie aceitar o divórcio.

– E eu estou lhe dizendo que não posso fazer isso. Pertenço ao balé. É minha vida, é tudo o que sei, é o que nasci para fazer. E não deixarei que destrua sua vida por minha causa.

– Você nasceu para amar e ser amada, como todos nós, e para ser rodeada por um marido e filhos que a amem, não para dançar em salas expostas a correntes de ar, quebrando sua coluna e arriscando a saúde até morrer ou até ficar velha e incapacitada e não servir mais. Merece mais que isso, e eu quero dar tudo a você.

– Mas não pode – disse ela, soando angustiada outra vez. – Você não tem isso para me dar. E se Marie não concordar com o divórcio?

– Ela ficaria muito feliz por voltar para a Inglaterra. Teria muito prazer em pagar por sua liberdade concordando em divorciar-se de mim.

– E o escândalo? O czar não poderia mais tê-lo próximo à sua família, nem deveria. Você seria um pária, um desgraçado. Não vou deixá-lo fazer isso. Precisará esquecer-me. – As lágrimas escorriam pelo seu rosto enquanto falava.

– Esquecerei tudo o que dissemos esta noite – disse ele, com dificuldade – se prometer-me que ficará aqui. Nunca mais mencionarei isso. Tem minha palavra solene – uma promessa que, só por pronunciá-la, quase o matou.

– Está bem. – Ela soluçava profundamente e virou-lhe as costas; sua cabeça baixa enquanto ele a observava, louco para envolvê-la com os braços, mas sabendo que não poderia. Ela parecia desesperadamente infeliz, mas não chegava perto da infelicidade que tomou conta dele. – Pensarei em ficar – foi tudo o que ela disse, e não se virou para olhá-lo. Não podia. Ainda estava chorando. – Deve ir, agora. – Ele não conseguiu ver a expressão em seu rosto ao dizer aquilo, somente suas costas eretas e jovens, o orgulhoso balanço de sua cabeça e os cabelos negros brilhantes que caíam em cascata abaixo dos ombros. Desejava acariciá-la e abraçá-la.

– Boa noite, Danina – disse ele numa voz cheia de pesar e saudade, e, um momento depois, ela ouviu a porta se fechar atrás dele e virou-se para olhar, soluçando.

Ela não podia acreditar no que haviam feito, no que ele tinha dito, e o pior de tudo era que ela sabia que também o amava. Mas era um homem casado, e ela não podia permitir que destruísse sua vida ou perdesse seu emprego e seus filhos por sua causa. Amava-o demais para deixá-lo fazer isso. E ainda havia suas obrigações com o balé. Lembrou-se muito claramente de uma vida inteira de advertências horríveis de madame Markova. Sempre lhe dissera que ela era diferente, que não precisava de um homem, que deveria continuar pura, que precisava viver para a arte e crescer através dela, que a dança devia vir antes de qualquer coisa em sua vida, e tinha sido assim, até agora. Porém, de repente, com Nikolai, ela vira que poderia ser muito diferente. Uma vida com ele significaria uma eterna felicidade, mas não se, para isso, custasse-lhe tudo o que ele prezava. Não podia permitir que ele fizesse aquilo.

Ela sabia que devia voltar para São Petersburgo, mas não conseguia pensar na hipótese de abandoná-lo. Não conseguia pensar em não vê-lo todos os dias, como ele não podia desistir dela. Tudo o que precisavam fazer era fingir que isso nunca havia acontecido entre eles, o que não seria muito fácil. Enquanto se encaminhava para o quarto e começava a despir-se, sentiu seus joelhos tremerem violentamente. Precisou sentar-se e, quando o fez, só conseguiu pensar nos lábios dele nos seus e no que sentiu quando ele a beijou. Contudo, o que sentia por ele não importava agora, sabia com todo o seu coração e sua alma que nunca poderia tê-lo. Ao menos, se ela ficasse, ainda poderiam se ver. Sentou-se e ficou olhando para seu reflexo no espelho, pensando nele e imaginando como poderiam fazer isso. Não seria nada fácil.

4

Nikolai não a visitou nos dois dias subsequentes, nem foi ao palácio. Finalmente, enviou-lhe dois novos livros com uma mensagem de que havia contraído um forte resfriado e não queria contagiá-la, mas a veria tão logo houvesse passado o risco. Ela não tinha a menor ideia sobre se aquilo era verdade ou não, mas, mesmo que fosse, sua ausência fora ao menos conveniente. Permitiu-lhes tempo para recuperarem o controle de si mesmos e tentarem esquecer o que havia acontecido.

Contudo, sem suas visitas, ela andou desconfortavelmente pela casa, procurou dormir e descobriu que não conseguia, e, ao final do primeiro dia, teve uma dor de cabeça horrível e recusou-se a tomar qualquer coisa para aliviá-la. Suas enfermeiras acharam-na irritada e nervosa, reações que não lhe eram características, e ela desculpou-se mil vezes por seu mau humor, culpando a dor de cabeça. Ao final do segundo dia, estava desesperada. Pensou que ele pudesse estar furioso com ela, podia ter se arrependido do que havia dito e feito, podia ter-se embebedado sem ela saber, talvez nunca mais o visse. Poderia sepultar seu segredo e nunca mencioná-lo a ninguém, mas o que percebia, com muita intensidade, era que não suportaria deixar de vê-lo.

E quando ele finalmente apareceu, ela estava na pequena sala de visitas, observando a neve cair no jardim, e não o ouviu entrar. Virou-se, com lágrimas correndo pela face, pensando nele, e quando o viu, sem pensar, atravessou correndo a sala para seus braços e disse-lhe o quanto havia sentido sua falta. A princípio, ele não estava certo do que aquilo significava, se ela havia mudado de ideia e queria ir adiante com ele ou se era simplesmente o que estava dizendo, que sentira sua falta.

– Também senti sua falta – disse ele numa voz que ainda soava rouca. E ela soube que sua desculpa para não visitá-la fora sincera, e aquilo a aliviou. – Muito – disse, sorrindo para ela. Porém, dessa vez, não foi inconsequente o suficiente para beijá-la. Havia lhe dado sua palavra dois dias antes e estava determinado a não cruzar a linha novamente, a não ser que ela o convidasse a isso. E ela própria não fez nenhum movimento para beijá-lo. Ela se dirigiu para o samovar, preparou uma xícara de chá e deu a ele. Sua mão tremia, mas ela estava radiante.

– Fiquei tão feliz por saber que estava doente… Ah… quero dizer… Foi horrível… – E riu, pela primeira vez em dois dias, e ele também riu quando se sentou próximo a ela na pequena e aconchegante sala de visitas da casa. – Temi que não quisesse me ver.

– Sabe que não é verdade – afirmou ele, com olhos que diziam tudo o que ela desejava ouvir mas nunca lhe permitiria repetir. Estava desesperadamente feliz por vê-lo. – Não quis que você ficasse doente depois de tudo o que passou, mas estou me sentindo muito melhor.

– Estou feliz por ouvir isso – disse ela, sentindo-se um pouco desconfortável com ele, mas olhando-o intensamente. Ele parecia ainda mais bonito, mais alto e mais forte. De uma forma estranha, era dela agora, e ela o sabia, e isso o tornou ainda mais precioso para ela, mesmo que nunca pudessem ter o que desejavam. E por uma boa razão. – Ficou muito doente? – perguntou ela, ansiosa, e aquilo o tocou. Ela estava incrivelmente bonita num vestido de lã cor-de-rosa que a fazia parecer ainda mais jovem do que a lembrança que ficara em sua mente. Estava tão glamourosa e adulta no vestido de veludo azul, duas noites antes, e ali parecia uma menina, o que o fez desejar beijá-la mais do que nunca. Mas, dessa vez, sabia que não poderia.

– Não fiquei tão doente quanto você. Graças a Deus. Estou bem agora.

– Não deveria sair na neve – repreendeu-o, e ele sorriu com sua resposta.

– Queria ver Alexei – explicou, mas seus olhos transmitiam algo mais. Queria vê-la mais do que a Alexei.

– Ficará para o almoço? – perguntou ela, polidamente, e ele acenou que sim e sorriu com prazer.

– Gostaria. – E quando disse isso, ambos pensaram que poderiam agir assim. Passariam o tempo juntos, como faziam antes, sem nunca divulgarem seu segredo, nem mesmo entre si. Contudo, ela já começara a imaginar o que aconteceria quando retornasse a São Petersburgo, dali a um ou dois meses. Esqueceriam-se um do outro, ou ele iria vê-la? Tudo se transformaria numa lembrança querida e seu amor se desvaneceria como o resíduo de sua gripe? Estava ficando difícil imaginar a volta para casa.

Conversaram muito naquela tarde. Ela devolveu-lhe alguns de seus livros e ele prometeu que iria vê-la novamente no caminho para casa naquela noite. Tudo parecia ter voltado ao normal quando ele a deixou. Porém, não retornou naquela noite, e, em vez disso, mandou-lhe uma mensagem. Alexei não estava bem e Nikolai passaria a noite no palácio com seu paciente e o Dr. Botkin. Devido à sua hemofilia, a criança necessitava de observação constante, e Nikolai não achou conveniente abandoná-lo. Danina compreendeu e aninhou-se na cama com um de seus livros, sentindo-se aliviada por tê-lo visto naquela manhã. Sua ausência de dois dias, depois de todo o drama que se seguira ao jantar festivo, havia sido muito dolorosa para ela. Sua dor de cabeça desaparecera no momento em que o viu.

Sentiu-se outra vez aliviada quando ele apareceu na manhã seguinte para tomar o café da manhã com ela. Ela estava ciente de que subitamente sua relação havia adquirido uma intensidade maior. Apesar de concordarem em não conversar sobre seus sentimentos mútuos, ficou claro que suas visitas significavam tudo para ela, e ele mesmo começou a sentir-se ansioso sempre que não estava com ela. Todavia, ambos ainda estavam convencidos de que poderiam controlar a chama do que sentiam, para sempre se fosse preciso, e ela estava determinada a manter o sentimento sob controle e nunca mais mencioná-lo. Nikolai ficava cada dia menos certo de que conseguiria fazê-lo, mas sabia que precisava agir como ela desejava, temendo perdê-la se não o fizesse.

Ele falou muito sobre Alexei naquele dia e explicou-lhe em detalhes a natureza de sua doença. Isso os levou a uma conversa sobre a alegria de ter filhos. Ele disse que ela não deveria privar-se disso, que estava certo de que ela seria uma mãe maravilhosa. Ela apenas balançou a cabeça e lembrou-lhe de seu compromisso com o balé. Ele, por sua vez, voltou a dizer que achava seu zelo desnecessário, sem sentido e pouco saudável.

– Madame Markova nunca me perdoaria se eu abandonasse o balé – disse, calma. – Dedicou sua vida inteira a nós, e sempre o fará – disse-lhe simplesmente após o café. – E espera o mesmo de mim.

– Por que de você, mais que das outras? – perguntou ele abruptamente, e ela riu quando respondeu. Pela primeira vez em muitos dias, seus olhos pareceram travessos.

– Porque sou melhor bailarina do que elas.

Ele abriu um amplo sorriso quando ouviu aquilo.

– E certamente mais modesta – troçou. – Mas você está certa. É a melhor, mas isso não é razão para desistir de sua vida.

– O balé é mais do que apenas dançar, Nikolai. É um modo de vida, um espírito, uma parte de sua alma, uma religião.

– Você está louca, Danina Petroskova, mas eu a amo. – As palavras haviam escapulido, e ele olhou para ela apavorado, mas ela não disse nada. Sabia que fora um acidente e decidiu ignorar.

A essa altura, após dois dias seguidos, a neve havia parado. Saíram para passear no jardim e, num instante, ela começou a arremessar nele bolas de neve. Ele adorava estar com ela muito mais do que podia contar-lhe. Amava seu espírito infantil, aliado à intensidade e à devoção ao que acreditava. Era uma extraordinária jovem mulher. Quando a deixou naquela tarde, para ir para casa mudar de roupa após passar a noite com seu jovem fardo, já se sentiam relaxados e à vontade outra vez. A nuvem que pairara sobre eles nos últimos dias parecia ter se dissipado a um nível tolerável, e ambos estavam confiantes de que conseguiriam viver com as restrições que Danina lhes havia imposto. Ao final de mais uma semana, estavam completamente confortáveis um com o outro em sua combinação.

Nikolai a visitava ao menos duas vezes por dia e, quando possível, ainda mais amiúde. Frequentemente almoçava ou jantava com ela e, às vezes, chegava cedo o suficiente para acompanhá-la no café da manhã. O frio fora severo naquele mês e eles ficaram dentro de casa durante a maior parte do tempo, mas, aos poucos, no fim de janeiro, começou a melhorar. Como sua saúde. Sua recuperação mantinha um progresso constante, mas ainda estava longe de retornar ao balé, e Danina não apressava as coisas. No início, havia implorado a madame Markova para ficar apenas um mês, mas a recomendação de Nikolai fora de que ficasse até março ou abril. Quando escreveu novamente para madame Markova, contou-lhe que havia concordado. Era exatamente o que ela precisava. E madame Markova ficou aliviada ao saber, como também a czarina. Adoravam tê-la entre eles.

As grã-duquesas a visitavam na hora do chá sempre que podiam, quando não estavam ocupadas auxiliando os doentes ou estudando. E Alexei adorava jogar cartas com ela. Ela parecia um perfeito acréscimo à família, no que lhe dizia respeito. E foi Alexei quem anunciou a ela que precisaria ir ao baile dos pais no primeiro dia de fevereiro, o primeiro em muitos anos. A czarina estava muito sentida por suas filhas não se divertirem havia tanto tempo, sem uma pausa em suas atividades de enfermagem, e convenceu o marido de que um baile elevaria o espírito de todos. E depois de contar a Danina, informou a mãe de que a havia convidado.

A czarina gostou muito de saber e, sem nem mesmo esperar pela resposta, enviou-lhe vários vestidos para que os experimentasse, assim como havia feito para o jantar. Porém, os vestidos que mandara eram ainda mais espetaculares dessa vez, e Danina ficou deslumbrada quando os viu.

Havia cetins e sedas, veludos e brocados, feitos para uma rainha ou para a czarina, e Danina estava quase sem graça de usá-los. Finalmente escolheu um de cetim branco, com um corpete em brocado dourado que apertava tanto sua cintura que ela parecia mais uma fada rainha do que uma simples bailarina. Como disse Alexei, quando experimentava para ele ver, parecia uma fada princesa. Nikolai ainda não a vira, mas ouvira falar. E o manto de cetim branco que o acompanhava era forrado do mesmo brocado dourado que o corpete e enfeitado com pele de arminho. Era verdadeiramente esplêndido e, com seus cabelos negros, Danina estava mais impressionante que nunca. De certa forma, para ela, era como um de seus trajes do balé, porém mais bonito que qualquer outro que já vira, usara ou mesmo sonhara. Nikolai ficou contente por saber que ela iria. Como da outra vez, avisou-a de que não poderia exagerar e deveria sair logo que se sentisse cansada, mas não objetou a que fosse ao baile do czar e ofereceu-se para levá-la, como havia feito no dia do jantar.

O baile em si era um acontecimento incomum naqueles dias. Devido à guerra, a família imperial havia cancelado todos os eventos sociais formais, à exceção desse. Não se sabia quando haveria outro. O czar retornaria do front especialmente para o baile, e todos estavam felizes por saber que ele estaria presente.

– Sua esposa não irá ao menos a este? – perguntou Danina a Nikolai, cuidadosamente, quando falaram sobre isso no dia anterior ao baile. Ele negou com a cabeça e pareceu aborrecido. Em outros tempos, teria dito a Marie o quanto era indelicado de sua parte recusar o convite, mas, dessa vez, realmente não se importou, por razões que eram óbvias para Danina. Ela já tinha dito a si mesma que dançaria com ele uma ou duas vezes, se ele a convidasse, mas não significaria nada. A revelação que lhe havia feito duas semanas antes parecia haver desaparecido no ar. Voltaram a ser amigos sem haver nada de mais alarmante.

– É claro que não – foi tudo o que Nikolai disse em resposta à sua pergunta. – Ela detesta bailes... ou qualquer coisa que não envolva cavalos. – Ele mudou logo de assunto e riu ao contar que Alexei dissera que ela parecia "bem razoável" no vestido que sua mãe lhe havia emprestado. Contudo, "bem razoável" não preparou Nikolai nem um pouco para a aparência de Danina quando surgiu no vestido de cetim branco e brocado dourado, decorado com pele de arminho. Parecia uma jovem rainha, com seus cabelos presos no alto da cabeça formando uma pequena coroa de cachos soltos, e os brincos de pérola que eram o único legado de sua mãe. Estava feliz por ter lembrado de trazê-los.

Nikolai ficou sem fôlego quando a viu, e, por um longo tempo, não disse nada. Havia lágrimas em seus olhos e rezava para que ela não as visse.

– Estou bem? – perguntou ela, nervosa, como teria feito com um de seus irmãos.

– Nem mesmo sei o que dizer. Nunca vi ninguém tão bonita como você está.

– Você é bobo. – Ela sorriu timidamente. – Obrigada. É um vestido lindo, não?

– Em você, é. – Sua cintura parecia a de uma criança, seu colo revelava o suficiente, sem estar vulgar ou ofender. Nada nela poderia ofender, e, em seu fraque, ele parecia o perfeito acompanhante para ela quando a levou para a festa. O Palácio Catarina também ficava em Tsarskoe Selo. Era muito mais grandioso e enfeitado que o Palácio Alexandre, onde eles moravam. A czarina preferia usá-lo somente para ocasiões formais, apesar de, no momento, uma parte dele estar sendo usada para cuidarem dos soldados feridos. O palácio fora remodelado por Catarina, a Grande, tendo sido originalmente projetado por Rostrelli, e o brilhante telhado dourado o fazia parecer extremamente formal e rico quando se aproximavam dele.

Mesmo entre o brilho de todos os vestidos e joias e da realeza presente, Danina causou visível sensação. Todos queriam saber quem era, de onde viera, onde se escondia. Muitos jovens elegantes estavam convencidos de que era uma princesa. Sua postura real e o modo gracioso com que se movia chamavam a atenção de todos. Logo que a viu, Danina correu para agradecer, discretamente, à czarina pelo vestido que estava usando.

– Fique com ele, minha querida. Nenhuma de nós jamais será capaz de usá-lo como você. – Danina notou instantaneamente que era sincera e ficou ainda mais sensibilizada por sua constante generosidade e bondade.

O jantar para quatrocentos convidados foi no Salão Prata. Depois, os homens afastaram-se por um instante para o famoso Salão Âmbar, e finalmente todos se dirigiram à Grande Galeria para dançar. Era uma noite magnífica. Danina mostrava mais energia do que jamais tivera desde que caíra doente. Estava feliz por estar ali. Era uma noite que queria lembrar, com todos os detalhes impecáveis, para sempre.

Quando Nikolai a conduziu para o salão, sentiu seu coração palpitar, mas nem por um instante se permitiu pensar no que ouvira dele duas semanas antes. Aquele capítulo de suas vidas estava terminado. O que agora existia entre eles, ou o que ela achava, era camaradagem e amizade. A expressão em seus olhos quando a levava pelo salão graciosamente, numa valsa, no entanto, contava uma história completamente diferente. Ele parecia muito orgulhoso dela, e seu toque suave quando a segurou o mais perto que poderia ousar teria dito, se ela lhe permitisse, tudo o que ele não podia dizer. Até o czar comentou algo com sua esposa enquanto dançavam.

– Creio que Nikolai está enamorado de nossa jovem visitante do balé – disse, numa observação, sem ar de crítica ou censura.

– Não acredito, meu querido. – A czarina negou. Ela os via juntos com frequência e nunca vira nada impróprio em sua amizade ou comportamento.

– É uma pena que ele seja casado com aquela inglesa horrorosa – disse ele, e a czarina sorriu em resposta. Ela não nutria qualquer sentimento de afeto por Marie.

– Creio que sua única preocupação é a saúde de Danina – disse ela, firme, muito mais ingênua que o marido.

– Ela está encantadora naquele vestido. É um dos seus? – A czarina usava um vestido de veludo vermelho espetacular, com um conjunto de rubis que lhe caía muitíssimo bem. Era uma bela mulher e ele a amava muito. Ambos estavam felizes por ele estar de volta a casa, podendo esquecer a guerra ao menos por breves momentos.

– Na verdade, é de Olga, mas está tão bem em Danina que lhe disse que ficasse com ele para si.

– Ela tem um lindo porte. – Sorriu, então, para sua mulher, não mais interessado em falar sobre a convidada. – Mas você também, meu amor. Acho que esses rubis ficam muitíssimo bem em você.

– Obrigada – disse ela com um sorriso; finalmente deixaram o salão e foram circular entre os convidados. A festa era um grande sucesso. Nikolai e Danina dançaram por metade da noite. Era difícil acreditar que houvesse estado doente. E ela certamente não se sentia assim enquanto dançava com ele. Já havia passado da meia-noite quando ele finalmente a persuadiu a sentar-se um pouco e descansar, antes que se exaurisse completamente. Estava se divertindo tanto que não queria parar de dançar por um minuto sequer.

Nikolai trouxe-lhe uma taça de champanhe e sorriu para ela. Danina tinha a face rosada, os olhos mais azuis que nunca, e os seios tentadoramente lindos. Ele precisou forçar-se a desviar o olhar. Porém, quando olhava para ela novamente, percebia que não conseguia resistir e, poucos momentos depois, já estava dançando com ela novamente, e ela parecia mais feliz e encantadora que nunca.

– Sinto-me um fracasso como guardião de sua saúde – confessou ele enquanto dançavam outra valsa, como se sempre houvessem dançado juntos. A única vez em que ele dançara com sua esposa fora no dia do casamento. – Eu deveria obrigá-la a ir para casa e descansar, mas não consigo fazer isso. Acho que ficará exausta a ponto de sentir-se doente amanhã.

– Terá valido a pena – disse ela, rindo para ele e encantando-o até não poder mais. Como ela, seu desejo também era de que a noite continuasse para sempre.

Já passara das 3 horas quando finalmente foram embora. Estavam entre os últimos a sair, depois de Danina agradecer ao czar e à czarina profusamente. Foi uma noite inesquecível. A família imperial agradeceu calorosamente sua presença e, como Nikolai, disse esperar que ela não houvesse causado nenhum dano à sua saúde por dançar tanto e ficar até tão tarde, quando talvez devesse repousar.

– Ficarei na cama o dia inteiro amanhã – prometeu ela, e a czarina insistiu que o fizesse. Seria lamentável se ela caísse doente novamente por causa da festa.

Ela ainda estava muito alegre no caminho para casa. A noite estava linda, com o céu cheio de estrelas, neve fresca no chão e tudo o que ela conseguia lembrar era a dança interminável. Várias pessoas convidaram-na para dançar, e ela havia dançado com todos com prazer, mas passara a maior parte da noite nos braços de Nikolai e tinha que admitir sua preferência. Ainda estava conversando, feliz, sobre tudo aquilo enquanto caminhavam para o chalé, e ele a ajudou a tirar o manto de arminho. E, como havia feito a noite toda, não pôde resistir a olhar fixo para ela e admirar como estava bela e elegante. Mais que qualquer outra mulher que havia visto naquela noite.

– Quer beber alguma coisa? – Danina perguntou, tranquila. Estava muito excitada para dormir, e não queria que tudo terminasse. Ele sentiu o mesmo e serviu-se de conhaque. Foram sentar-se em frente à lareira que os empregados haviam deixado acesa para eles, para conversarem sobre a noite. Ela o surpreendeu, sentando-se a seus pés naquele vestido magnífico e apoiando sua cabeça nele. Ela estava pensando sobre a festa e sorria com um ar sonhador olhando para o fogo, enquanto ele suavemente acariciou seus cabelos e sentiu o prazer de tê-la recostada nele.

– Nunca esquecerei esta noite – disse ela, calma e feliz por estar ali, com ele, sem desejar nada mais.

– Nem eu – disse ele, acariciando o braço gracioso e longo de Danina com sua mão, e, depois, apoiando-o em seu ombro. Ela parecia tão delicada e frágil, e quando virou-se para olhá-lo estava sorrindo. – Fico muito feliz quando estou com você, Danina – confessou ele, temendo ir longe demais outra vez e ofendê-la, mas era muito difícil não dizer como se sentia sobre ela.

– Eu também, Nikolai. Temos muita sorte de termos encontrado um ao outro – disse ela, não querendo caçoar dele, mas simplesmente celebrando sua amizade. Porém, tornava as coisas mais difíceis que nunca para ele.

– Você me faz sonhar outra vez – disse ele, com tristeza, segurando seu conhaque – com coisas de que desisti anos atrás. – Aos 39 anos, sentia como se a vida houvesse passado. Uma vida de esperanças perdidas, decepções e ilusões despedaçadas. E, agora, com ela, ele tinha sonhos novamente, contudo não podia vivê-los. – Adoro estar com você. – Depois, sentindo-se muito distante dela, escorregou para o chão, e ficaram sentados lado a lado olhando para o fogo, para seus sonhos, e ele pôs seu braço em torno dela. – Não pretendo magoá-la nunca, Danina – disse ele, gentilmente. – Quero que você seja sempre feliz.

– Sou feliz aqui – disse ela honestamente, e fora feliz no balé. Nunca, na verdade, chegara a conhecer a infelicidade, somente a disciplina infindável e a grande devoção ao que fazia. Sua vida era feita de paixão. Depois, virou-se para olhá-lo e viu que havia lágrimas em seus olhos, como mais cedo, quando a vira pela primeira vez naquela noite, mas agora conseguia vê-las claramente; antes ela não tivera certeza. – Está triste, Nikolai? – Sentiu pena dele. Sabia que sua vida não era fácil. Apesar de ter escolhido fingir que não era verdade, sabia o quanto ele era infeliz em casa, com uma mulher que não o amava.

– Um pouco talvez... Mas principalmente muito feliz por estar aqui com você.

– Você merece mais do que isso – disse ela, calmamente, percebendo que ele pedia muito pouco a ela e lhe dava todo seu coração. De repente, sentiu-se injusta com ele. Havia-o silenciado por razões exclusivamente suas, para que não se sentisse pouco à vontade, mas o forçara a negar seus sentimentos. – Você merece muita felicidade por tudo de bom que faz. Dá tanto a tantas pessoas... e a mim – acrescentou suavemente.

– É fácil dar a você. Gostaria de ter mais para lhe dar. Às vezes, a vida é cruel, não é? Você descobre exatamente o que quer... tarde demais para ter.

– Talvez não seja – disse ela num sussurro, sentindo-se inclinada por ele como nunca se sentira por um homem, exceto ele, quando a beijara. Ele não ousou perguntar o que ela queria dizer com aquilo, mas olhou para ela, cujos olhos o chamavam abertamente, com um amor tão evidente que era impossível confundir seu convite.

– Não quero magoá-la... ou irritá-la... Amo-a demais para isso – disse ele, procurando conter tudo o que sentia por ela, por causa dela.

– Eu o amo, Nikolai – disse ela simplesmente e, dessa vez, sem vacilar ou temer, ele a envolveu suavemente em seus braços e a beijou; era tudo o que cada um havia sonhado. Estavam prontos para isso e, agora não havia necessidade de surpresa ou medo.

Beijaram-se por um longo tempo na frente da lareira, e ele a manteve em seus braços até que o fogo começou a diminuir e ela começou a tremer de frio e emoção. Sabia que seria dele.

– Venha... Você pegará um resfriado, meu amor. Eu a colocarei na cama e partirei – ele sussurrou, na última chama do fogo, e conduziu-a para seu quarto. – Quer que a ajude com o vestido? – Parecia complicado e ela não conseguiria tirá-lo sozinha; com um pequeno sorriso, ela concordou. Seria obrigada a dormir com ele sem uma das criadas para ajudá-la a tirar.

Parecia uma criança quando ele gentilmente tirou-lhe o vestido por cima da cabeça, ela ali de pé, com seu corpo flexível, magro e jovem de dançarina e seus olhos tão grandes quando olhou para ele com um ar de inocência e desejo. – É muito tarde para você ir embora – falou cautelosa, sem saber o que dizer a ele ou como começar. Nunca havia feito isso antes, e não conseguia imaginar como seria. Mas também não podia imaginar não estar com ele.

– O que está me dizendo? – sussurrou ele no frio da madrugada, com um ar preocupado.

– Fique comigo. Não precisaremos fazer nada que não quisermos. Só o quero aqui comigo. – Ele devia ficar ali e ela o sabia, assim como ele.

– Oh, Danina – disse ele, suavemente, sabendo que era o começo de uma nova vida e o fim de outra. Era um momento repleto de promessas e de decisões para ambos. – Quero tanto estar aqui com você. – Era tudo o que sempre desejara, desde o momento em que a conhecera, mais ainda depois que fora viver ali. E, naquele instante, ele percebeu por que havia feito todo o possível para trazê-la para o chalé, para estar perto dele.

Despiram-se cuidadosamente, e, um momento depois, estavam em sua cama grande e confortável, abraçados e aconchegados sob as cobertas; quando ela olhou para ele na escuridão, riu como uma colegial.

– Por que está rindo, bobinha? – perguntou ele, ainda sussurrando, como se alguém pudesse escutá-los. Mas não havia ninguém ali àquela hora. Estavam inteiramente sozinhos, com seus segredos e seu amor um pelo outro.

– Parece engraçado, é só... Eu temia o que sentia por você... e o que conhecia de seus sentimentos, e agora aqui estamos, como duas crianças levadas.

– Levadas não, meu amor... felizes... talvez tenhamos o direito de fazer isso, afinal... talvez tivesse de ser assim. Meu destino e o seu. Danina, nunca amei uma mulher como a amo. – Dizendo isso, ele a beijou com tranquilidade e firmeza, e sua paixão cresceu com a dele, e ele a ensinou tudo o que nunca conhecera ou sonhara e nunca pensara em encontrar com ele. Estava tudo ali, esperando por ela; os presentes, a graça, o amor que cada um deles havia desejado tanto. E quando finalmente ela dormiu em seus braços, ele a manteve próxima e sorriu perante a generosidade dos deuses por terem-na dado a ele.

– Boa noite, meu amor – ele sussurrou com gratidão e adormeceu ao lado dela.

5

O segredo que eles compartilhavam cresceu como um campo de flores silvestres no verão. Ele a visitava todos os dias como antes, mas se demorava muito mais, e ainda assim conseguia cumprir suas obrigações no palácio. E à noite, quando terminava tudo o que precisava fazer, voltava para ela e dormiam juntos. Disse à esposa que precisava ficar no palácio durante as noites, para acompanhar Alexei. E ela parecia não ter interesse ou objeções.

Danina vibrava de alegria por tê-lo. Ele a ensinava coisas que os uniam cada vez mais, e entregaram seus corações e almas um ao outro. Falavam sobre tudo, não havia segredos entre os dois. Suas esperanças, sonhos, medos da infância; o único verdadeiro terror que partilhavam era o de que um dia poderiam perder um ao outro. Ainda não haviam imaginado o que aconteceria quando ela fosse embora. E ambos sabiam que, um dia, ela iria. Depois, teriam que fazer alguma coisa a respeito de seu futuro, mas ele ainda não dissera nada à sua esposa.

Eles só queriam aproveitar o que tinham, por enquanto, antes que a bomba estourasse. E uma vez que a felicidade se tornou real para eles, fevereiro passou voando como um trem expresso, e março também. Ela estava lá havia três meses quando finalmente começou a falar, com pesar, de seu retorno ao balé. Não conseguia imaginar o que fazer. Até mesmo madame Markova perguntava claramente sobre quando ela planejava retornar às aulas e ao treinamento. Ela levaria meses até alcançar a forma que perdera durante a doença. Comparados à árdua rotina do balé, os modestos exercícios que fazia não significavam nada. Mesmo seus exercícios diários estavam longe de ser suficientes para o balé. Finalmente, com pesar, prometeu retornar a São Petersburgo no final de abril. Contudo, a simples ideia de abandonar Nikolai era mais do que ela podia suportar naquele momento.

Conversaram seriamente sobre o assunto numa tarde, três semanas antes da data marcada para deixá-lo. Ele achou que estava na hora de falar com Marie e sugerir que retornasse para a Inglaterra com os filhos. A decepção precisava ter um fim imediatamente, mas ele ainda não estava certo sobre o que Danina pretendia fazer quanto ao balé. Ela tinha suas próprias decisões a tomar sobre o assunto.

– O que acha que Marie dirá quando falar com ela?

– Acho que se sentirá aliviada – respondeu ele, honestamente. Estava certo disso, mas não estava certo quanto a ela concordar em divorciar-se. Preferia não dizer a ela nada sobre Danina, se pudesse. Havia razões suficientes para terminar seu relacionamento com a esposa, sem complicar o problema ainda mais.

– E os meninos? Ela lhe permitirá vê-los? – Ela parecia preocupada; era isso o que a atormentara antes de começarem seu romance e era a razão de haver hesitado por tanto tempo em fazê-lo. Mas nunca conseguiriam ter se evitado. Aquela ideia tinha sido uma fantasia. Ela sabia disso com muita clareza. Aquilo era real, e eles nunca poderiam negar.

– Não sei o que ela vai fazer com os meninos – disse, honestamente. – Talvez eu precise esperar para vê-los quando estiverem mais velhos. – A dor era visível em seus olhos, e Danina sentiu angústia por ele. – E madame Markova? – ele perguntou em troca. Aquele era um problema quase da mesma proporção, apesar de parecer mais simples aos olhos dele, não aos de Danina.

– Falarei com ela quando voltar para São Petersburgo – disse ela, procurando acalmar o medo que sentia ou a sensação de que estava a ponto de traí-la. Madame Markova esperava tanto dela, havia lhe dado tanto de si, e ficaria arrasada se Danina abandonasse o balé. Para ela, porém, tudo havia mudado. Sua vida pertencia a Nikolai, e ela não podia mais ignorar essa realidade.

Milagrosamente, o que eles compartilharam parecia ter passado despercebido para todos, exceto para os empregados do chalé, que haviam sido muito discretos até o momento. Ninguém na família imperial jamais comentara qualquer coisa com Nikolai, e até Alexei, que passava muito tempo com eles, não percebera que as coisas haviam mudado entre Nikolai e Danina.

Todavia, nas últimas três semanas que passaram juntos havia uma espécie de desespero no que ambos sentiam. Tudo havia sido tão idílico e perfeito enquanto durou, e estava próximo de terminar. Uma nova vida começaria. E Danina preocupava-se com isso. Se ela deixasse o balé para ficar com ele, onde moraria e quem a sustentaria? Se ele se divorciasse de Marie, o escândalo lhe custaria o lugar sagrado junto à família imperial? Havia muitos aspectos a pensar e levar em consideração. Ele lhe prometera encontrar um local para ela morar e sustentá-la, mas Danina não queria ser uma carga e achou melhor ficar no balé até Marie partir para a Inglaterra.

Finalmente, ele decidiu que contaria a Marie após a partida de Danina, para protegê-la de qualquer reação ao escândalo que poderia surgir em casa ou no palácio. Para ambos, pareceu a decisão mais acertada. Ele a visitaria no balé tão logo fosse possível e lhe contaria o que havia acontecido, e poderiam fazer planos daquele momento em diante. Além disso, o balé precisaria de um tempo para substituí-la. Apesar de estar doente durante meses, ainda contavam com ela para os espetáculos do verão e do inverno seguintes. Era possível, ela o explicara, que ela precisasse esperar até o fim do ano para deixá-los, mas ele disse que compreendia. Passariam juntos todo o tempo que pudessem, apesar das exigências de suas vidas e do pesado treinamento a que ela precisaria submeter-se. Porém, estava pronta e forte novamente, e mais feliz que nunca, com seu amor por ele e todas as promessas que haviam feito um ao outro.

Mas, apesar das promessas, sua última semana foi de angústia e sofrimento. Passavam todos os momentos que podiam juntos e, pela primeira vez, a czarina percebeu o quanto eram próximos e concordou com o que seu marido havia percebido anteriormente. Estava quase certa de que Nikolai e Danina estavam enamorados. O czar estava de licença outra vez e ela mencionou isso para ele.

– Não o desaprovo – disse ele, calmamente, para sua esposa uma noite, quando Nikolai e Danina passavam uma de suas últimas noites no chalé. – Ela é encantadora.

– Você acha que abandonará sua esposa por ela? – A czarina começava a pensar nisso, e o czar disse que não podia saber das loucuras das outras pessoas. – E se ele o fizer, você se importará? – perguntou-lhe ela; o chefe da família imperial analisou a pergunta, sem saber que decisão tomaria sobre o assunto.

– Dependerá de como ele o fizer. Se for discretamente, não deverá afetar nada. Se vier a tornar-se um escândalo terrível, que perturbe a todos, precisaremos pensar sobre o problema.

Era uma conclusão sensata, e a czarina ficou aliviada ao ouvi-la. Não queria perder Nikolai como médico de Alexei, mas também pensou se Danina abandonaria o balé. Era muito jovem, investira muito naquilo e era sua mais famosa primeira-bailarina. Para a czarina, parecia como abandonar o convento, uma atitude nada fácil, e estava certa de que o balé faria tudo o que pudesse para mantê-la. Seria uma escolha difícil se Danina decidisse segui-la, e sentiu pena dela. Esperava que as coisas corressem bem para ambos caso investissem numa nova vida juntos. Nos meses em que Danina estivera ali, todos haviam aprendido a amá-la.

Ofereceram-lhe um pequeno jantar na noite anterior à sua partida, com a presença dos filhos, alguns amigos íntimos, os médicos e algumas poucas pessoas que haviam conhecido e se encantado por Danina. As lágrimas correram-lhe dos olhos quando lhes agradeceu e prometeu voltar. A czarina pediu-lhe que viesse visitá-los em Livádia naquele verão, como havia feito no ano anterior com madame Markova, e eles se comprometeram a assistir a sua apresentação logo que começasse a dançar.

– Dessa vez, realmente a ensinarei a nadar – Alexei prometeu e deu-lhe um presente do qual ela sabia ser-lhe muito difícil separar-se. Era um pequeno sapo de jade Fabergé, que ele adorava porque o achava horrendo. Mesmo assim, presenteou a amiga com o objeto, estranhamente embrulhado num desenho feito para ela. Cada uma das meninas escreveu-lhe poesias. Elas também pintaram lindas aquarelas especialmente para a amiga e, juntas, deram-lhe uma foto de todos com ela. Danina ainda estava profundamente emocionada quando retornou para o chalé com Nikolai, para sua última noite juntos.

– Não suporto pensar em deixá-lo amanhã – disse ela, com tristeza, depois de terem feito amor, deitados nos braços um do outro, conversando até o amanhecer. Não conseguia acreditar que sua estada ali havia chegado ao fim, mesmo que eles se dissessem que uma nova vida estava começando. Naquela noite, quando voltaram para o chalé, ele lhe deu um medalhão de ouro numa corrente, com uma fotografia sua dentro. Parecia-se tanto com o czar na fotografia que, a princípio, ela não estava certa se era Nikolai, mas era, e prometeu usá-lo sempre que não estivesse dançando.

As últimas horas que ficaram juntos foram de agonia, e ambos choraram quando ele a colocou no trem para a curta viagem de volta ao balé em São Petersburgo. Não queria que ele fosse junto, com medo de madame Markova imediatamente perceber o que estava acontecendo entre eles. Acreditava que sua mentora possuía poderes místicos e que via e conhecia tudo, ele concordara em não ir com ela. Falaria com Marie naquela tarde e prometeu a Danina que a informaria imediatamente sobre as novidades.

Enquanto ele estava ali na plataforma, olhando o trem, ambos sentiram uma dor no coração e um capítulo muito especial de suas vidas terminar. Ela debruçou-se na janela enquanto pôde, e viu-o ali, acenando-lhe com a mão, os olhos presos nos seus, e, com os dedos trêmulos, apertou o medalhão pendurado em seu pescoço. Quando se separaram, ele gritara, dizendo-lhe que a amava. No chalé, antes de saírem, a beijara tantas vezes que seus lábios ficaram doloridos e ela precisou retocar o penteado duas vezes. Eram como duas crianças sendo separadas dos pais, o que a fez lembrar muito de quando seu pai levou-a para morar na academia. Estava tão aterrorizada quanto naquela ocasião, talvez até mais.

Quando chegou em São Petersburgo, madame Markova a aguardava na estação. Parecia mais alta e mais magra e tinha um aspecto mais severo que nunca. Danina achou-a subitamente mais velha e sentiu como se houvesse estado longe por uma eternidade. Madame Markova, porém, beijou-a calorosamente e pareceu profundamente feliz quando a viu. Apesar do que acontecera a Danina enquanto estava longe, sentira muita saudade de sua mentora.

– Você parece bem, Danina. Feliz e descansada.

– Obrigada, madame. Todos foram maravilhosos comigo.

– Assim percebi por suas cartas. – Havia alguma coisa bem sutil em sua voz, uma dureza que Danina havia esquecido. Era aquilo que levava todos a se superarem, a irem além de sua capacidade para agradá-la. Ela manteve-se impassível enquanto se dirigiram para a academia num táxi. Danina procurou encher o vazio contando-lhe sobre suas aventuras com a família imperial e as festas a que havia comparecido. Mas teve a noção clara de que de algum modo havia desagradado sua mestra e, mais que nunca, Danina sentiu saudades da vida que deixara para trás em Tsarskoe Selo. Sabia que precisava retornar para suas obrigações.

– Quando começo a ter aulas novamente? – Danina perguntou, observando o movimento familiar da cidade enquanto passavam.

– Amanhã pela manhã. Sugiro que comece a exercitar-se essa tarde para preparar-se. Suponho que não tenha se exercitado durante sua convalescença. – Fora os poucos exercícios diários, ela tinha razão, e não pareceu contente quando Danina concordou.

– O médico não achou que eu devesse, madame – foi sua única desculpa. Ela nem mesmo se deu ao trabalho de mencionar os trinta minutos de exercícios que fizera diariamente. Sabia que, para sua mestra do balé, pareceria um esforço desprezível.

Madame Markova olhou para a frente em silêncio, sem dizer nada, e a atmosfera ficou mais pesada entre elas.

Danina foi colocada em seu antigo quarto e seu coração encheu-se de tristeza quando reviu o velho prédio. Em vez de senti-lo como um símbolo de retorno ao lar, significava apenas o quanto estava longe de Nikolai e das noites que passaram juntos no adorado chalé. Não conseguia imaginar-se passando uma noite sem ele, mas precisaria fazê-lo. Ambos tinham um caminho longo a percorrer, separadamente, até poderem estar juntos outra vez, e esperava que para sempre.

Ela pensara em contar imediatamente alguma coisa a madame Markova sobre seus planos, mas decidiu aguardar até receber de Nikolai as notícias sobre o divórcio e a mudança de Marie para a Inglaterra. Tudo dependia da velocidade com que as coisas acontecessem. E, por baixo da fina proteção da blusa, sentia o conforto de seu medalhão.

Todos estavam se aquecendo, ensaiando, se exercitando ou em aula quando chegou, e não havia ninguém no quarto frio que deixara quatro meses antes. Enquanto vestia sua malha e sua sapatilha, o cômodo parecia-lhe estranho e lamentavelmente feio. Desceu correndo pelas escadas para o estúdio onde normalmente se aquecia. Quando chegou lá, viu madame Markova, sentada em silêncio num canto, observando as outras. Sua presença deixou Danina pouco à vontade, mas ela foi trabalhar na barra e ficou impressionada ao perceber como estava rígida, como seus movimentos eram estranhos, como suas pernas e braços não a obedeciam no que foram treinados a fazer.

– Precisará trabalhar muito, Danina – disse madame Markova duramente, e Danina concordou. Em quatro meses, seu corpo se tornara seu inimigo, não fazia nada do que ela esperava dele. Naquela noite, quando foi para a cama, cada músculo que usara pela primeira vez em meses reclamava. Quase não conseguiu dormir, por causa da dor em todas as partes do corpo, nem levantar-se no dia seguinte, quando sentiu todo o corpo enrijecido. O efeito dos últimos quatro meses de indolência e de felicidade fora brutal.

Todavia, não menos do que o rigoroso treinamento que ela iniciara às 5 horas naquela manhã. Estava na sua primeira aula às 6 horas e trabalhou até as 21 horas naquela noite, e ao longo de quase todo esse tempo madame Markova observou-a.

– Seu dom não lhe foi dado para ser desperdiçado – disse ela asperamente após a primeira aula, e preveniu-a rispidamente de que nunca voltaria a ser o que era se não se esforçasse além de seus limites. E acrescentou: – Se não estiver disposta a pagar por ele com seu sangue, Danina, é porque não o merece. – Estava visivelmente furiosa com o que Danina havia perdido durante os meses em que ficara distante do balé e lembrou-lhe cruelmente, naquela noite, de que seu lugar como primeira-bailarina não era simplesmente algo que devessem a ela, mas uma honra que ela precisaria conquistar se pretendesse recuperar sua posição.

Danina estava em lágrimas quando se deitou naquela noite e chorou novamente durante várias vezes no dia seguinte; finalmente, no final do segundo dia, mais exausta que nunca, sentou-se e escreveu a Nikolai uma carta, contando-lhe o que passava e como sentia sua falta. Mais do que imaginava possível quando o deixou.

A tortura a que a submeteram continuou durante dias e, ao final da primeira semana, Danina já lamentava haver retornado ao balé, especialmente se o abandonaria em seguida. Qual era o sentido, e o que ela precisava provar a eles agora, se voltaria para Nikolai e pararia de dançar? Mas sentia que devia a eles um fim honroso e, mesmo que aquilo a matasse, estava determinada a continuar. Naquele ponto, todavia, morrer de pura exaustão e de uma dor interminável parecia-lhe desejável, e até provável.

No final da segunda semana, madame Markova chamou-a em seu escritório, e Danina ficou imaginando o que aquilo poderia significar. Nos últimos 13 anos, raramente estivera ali, mas, quando outras eram chamadas, sempre saíam em prantos, às vezes para deixar o balé dentro de poucas horas. Danina não pôde deixar de pensar se era esse o destino que lhe estava reservado. Madame Markova sentou-se, muito quieta, à mesa e olhou fixa e duramente para sua protegida enquanto falava.

– Acho que sei o que lhe aconteceu, pela forma como está dançando, pela maneira como está trabalhando. Não precisa dizer nada, Danina, se não quiser. – Danina planejava contar-lhe tudo, mas não assim, não ainda, não até receber notícias de Nikolai; até então não havia recebido nada, e estava preocupada. De certa maneira, madame Markova tinha razão: seu amor por Nikolai distraía sua atenção da dança. Não conseguia entregar-se inteiramente ao balé como antes. O que acontecera era algo mais espiritual do que físico, mas espantava-a que madame Markova conseguisse perceber.

– Não sei ao certo o que quer dizer, madame. Tenho trabalhado muito desde que voltei. – Havia lágrimas em seus olhos enquanto falava, e ela não estava acostumada a ser repreendida ou a ter seu trabalho depreciado por sua mentora. Madame Markova sempre sentira tanto orgulho dela, e ali estava evidente que não sentia o mesmo. A mestra do balé estava furiosa com ela.

– Você tem trabalhado muito, mas não o suficiente. Está trabalhando sem alma, sem espírito. Sempre lhe disse que, se não quiser dar cada gota de sangue, alma, amor e coração que possui, não será nada. Nem se dê ao trabalho de dançar. Vá vender flores nas ruas, limpar banheiros em algum lugar, será mais útil. Nada é pior do que uma bailarina sem alma.

– Estou tentando, madame. Estive longe por muito tempo. Ainda não estou tão forte quanto era. – As lágrimas corriam pelo seu rosto enquanto dizia aquilo, mas madame Markova não demonstrou nenhuma emoção além de desdém e raiva. Parecia sentir-se enganada por Danina.

– É a seu coração que me refiro. Sua alma. Não às suas pernas. Suas pernas se recuperarão. Seu coração não, se o deixou em outro lugar. Precisa fazer uma escolha, Danina. É sempre uma escolha. A não ser que deseje ser como as outras. Nunca foi. Você era diferente, mas não pode ter as duas coisas. Não pode ter um homem, vários, e ser uma verdadeira primeira-bailarina. E nenhum homem vale sua carreira… nenhum homem vale o balé. No final, eles sempre a desapontarão. Como você está me desapontando agora, e enganando a si mesma. Você não é nada, é uma simples dançarina do corpo de baile. Não é mais uma primeira-bailarina. – Foi o golpe mais cruel de todos e, para Danina, ouvi-lo quase partiu seu coração.

– Não é verdade. Ainda tenho potencial, só preciso trabalhar mais.

– Você esqueceu como. Não se importa mais. Alguma coisa a que você ama mais que ao balé entrou em sua vida. Posso vê-lo, posso cheirá-lo. Sua dança é patética. – Ao ouvir isso, a pele de Danina se arrepiou e ela olhou firme nos olhos da outra mulher, e soube que ela conhecia seus segredos. – É um homem, não é? Por quem se apaixonou? Que homem vale isso? Ele a quer? Será uma boba se sacrificar tudo por ele.

Houve um momento de silêncio entre elas, enquanto Danina mediu as palavras e o quanto devia contar-lhe.

– É uma pessoa muito boa – disse, finalmente –, e nos amamos.

– Agora você é uma meretriz, como as outras, aquelas fáceis e desprezíveis, que dançam e brincam e para quem isso não significa nada. Deveria dançar nas ruas de Paris, não aqui em Maryinsky. Este não é seu lugar. Sempre disse a você que não poderia ser como elas se deseja isto aqui verdadeiramente. Precisará escolher, Danina.

100

– Não poderei desistir de minha vida para sempre, mada-me, por mais que ame dançar. Quero fazer a coisa certa. Quero ser boa dançarina, ser justa com vocês... mas também o amo.

– Então, deverá ir embora agora. Não perca meu tempo ou o de suas professoras. Ninguém a quer aqui, a não ser como era antes. Nada menos do que aquilo terá valor aqui. Deverá escolher, Danina. Se escolher a ele, estará tomando a decisão errada. Posso garantir. Ele nunca lhe dará o que nós lhe damos. Nunca se sentirá como quando está no palco, sabendo que teve um desempenho que ninguém esquecerá. Você era assim quando saiu daqui. Agora não é mais que uma dançarina qualquer.

Não conseguia acreditar no que estava ouvindo, exceto que as palavras lhe eram familiares. Ouvira a opinião de madame Markova antes. Para ela, o balé era uma religião pela qual se sacrificava toda a vida. Ela fizera isso, e esperava que todos fizessem o mesmo. E Danina sempre agira assim, mas já não podia. Queria que sua vida fosse mais que um desempenho perfeito.

– Quem é esse homem? – perguntou, finalmente. – Ele vale tudo isso?

– Vale para mim, madame – Danina respondeu respeito-samente, ainda acreditando que poderia fazer ambas as coisas, terminar o balé bem e honrosamente e ir ao encontro de Niko-lai quando estivesse pronto para ela.

– O que ele pretende com você?

– Casar-se comigo – Danina respondeu num murmúrio, enquanto madame Markova demonstrava desgosto.

– Então, por que está aqui? – Era muito complicado expli-car e, na realidade, não queria.

– Queria terminar as coisas aqui corretamente, talvez até para o próximo ano, se me quiser, se eu conseguir trabalhar o suficiente e voltar a ser o que era.

– Por que se dar o trabalho? – Seus olhos se estreitaram numa suspeita e ela provou mais uma vez que sabia tudo, como Danina sempre achara. – Ele é casado?

Novamente, houve um longo silêncio entre elas quando Danina não respondeu.

– Você é mais boba do que pensei, pior do que uma dessas prostitutazinhas. A maioria delas consegue ao menos um marido, gordura e bebês. Não valem nada. Você está desperdiçando seu talento com um homem que já tem uma esposa. Fico doente ao pensar no que está fazendo, e não quero saber mais nada. Quero que trabalhe agora, Danina, como fazia antes, como é capaz de fazer, como deve a mim, e, em dois meses, quero que me diga que está tudo terminado, que sabe que sua vida é esta e sempre será. Deverá sacrificar tudo por ela, Danina... tudo... E só então valerá a pena, só então você conhecerá o verdadeiro amor. Este é seu amor, seu único amor. Esse homem é uma maluquice. Ele não significa nada para você. Só vai magoá-la. Não quero ouvir mais nada sobre isso. Volte para seu trabalho agora – disse ela, com um aceno de despedida, para que saísse da sala, que era tão direto e inflexível que Danina imediatamente deixou o escritório e voltou para a aula, tremendo com o que madame Markova lhe dissera.

Esse era o tipo de sacrifício que esperava; queria que ela desistisse de tudo, até mesmo de Nikolai, e Danina não podia. Não queria. Não devia isso a eles. Eles não tinham o direito de esperar isso dela. Ela não queria ser uma das entusiastas insanas que não tinham outra vida além do balé. Conseguia ver isso agora. Não queria ser uma madame Markova quando chegasse aos 60 anos e não ter outra vida, não ter filhos, marido, memórias, exceto as apresentações que se estendiam através dos anos e certamente não significavam nada.

Tentara explicar isso a Nikolai, para dizer-lhe o que esperavam dela, e ele não havia acreditado. Era *isso* o que queriam.

Sua alma e sua promessa de que terminaria seu relacionamento com ele, mas ela não faria isso, não importava o que lhe custasse. E sua irritação quanto àquilo levou-a a trabalhar mais arduamente ainda, em aula e na barra. Começava o aquecimento às 4 horas e trabalhava até as 22 horas, depois das aulas. Não comia, não parava, não dormia, não fazia nada exceto forçar seu corpo além do limite máximo. Era o que queriam dela e, duas semanas depois, quando madame Markova a chamou novamente ao seu escritório, estava magra, abatida e exaurida.

Danina não podia imaginar o que queria falar com ela. Talvez pedir que fosse embora na manhã seguinte, mas quem sabe aquilo não seria um alívio. Não conseguia esforçar-se mais e, nas últimas três semanas, não tivera uma notícia sequer de Nikolai, o que a enlouquecia. Ele não respondera nenhuma de suas cartas, mas subitamente ficou curiosa em saber se elas teriam mesmo sido enviadas. Havia deixado as cartas no hall de entrada, como sempre fazia, junto com as outras, mas talvez estivessem sendo separadas e jogadas no lixo. Estava pensando nisso quando entrou no escritório de madame Markova e levou um grande susto quando o viu sentado ali. Era Nikolai, e ele parecia ter tido uma conversa agradável com madame Markova. E quando Danina entrou na sala, virou-se para ela e sorriu. Ao vê-lo ali, sentiu seu coração bater forte e suas pernas enfraquecerem.

– O que está fazendo aqui? – perguntou com um ar assombrado. Imaginou se ele havia contado toda a história a madame Markova mas entendeu logo, pelo seu olhar, que não havia desvendado o segredo. Ele compreendeu o que ela queria saber e foi rápido em explicar-lhe sua presença ali, ou o pretexto que havia usado, para que a própria Danina não cometesse um erro na frente de madame Markova.

– Vim ver como está passando, Srta. Petroskova, por ordem do próprio czar. Ele queria tranquilizar-se a respeito de sua saúde, uma vez que ninguém recebeu notícias suas desde que nos deixou. A czarina estava particularmente aflita. – Ele falou com um sorriso carinhoso para madame Markova, que pareceu um tanto estranha e virou o rosto para o outro lado.

– Não recebeu minhas cartas? Ninguém recebeu? – Danina ficou horrorizada quando ele negou com a cabeça. – Tenho deixado... para serem remetidas, como sempre faço. Talvez eles não estejam remetendo as minhas cartas. – Madame Markova olhava para sua mesa e não disse nada.

– E sua saúde? Está um pouco pálida e muito mais magra que quando nos deixou. Acho que está trabalhando mais do que deve, Danina. Está? Não deve exagerar logo após ter estado tão doente.

– Ela precisa recuperar a forma – disse madame Markova, prontamente – e aprender a ter disciplina novamente. Seu corpo esqueceu quase tudo o que sabia. – Danina sabia tão bem quanto sua mentora que aquilo não era verdade, mas Nikolai pareceu preocupado.

– Estou certo de que recuperará sua antiga força em breve – disse ele, com uma expressão agradável –, mas ainda não pode exagerar. Tenho certeza de que sabe disso, madame Markova – ele falou com um sorriso, parecendo muito formal e profundamente aborrecido. – E agora, posso passar um momento com minha paciente? Tenho uma mensagem privada do czar e da czarina. – Era impossível argumentar com aquilo e, apesar do olhar de grande desprazer de madame Markova, Nikolai e Danina receberam a permissão de sair do escritório juntos. Era óbvio que ela suspeitava deles, mas não estava inteiramente certa de que ele era a origem da traição de Danina e não ousaria acusá-lo disso. Em vez disso, deixou-os sair, e Danina levou-o pelas escadas até o pequeno jardim no andar superior. Ainda estava frio do lado de fora, e ela colocou um xale em volta dos ombros, por cima da malha. Ele estava angustiado por vê-la tão magra e cansada e desejou envolvê-la com seus braços e abraçá-la.

– Você está bem? – sussurrou ele quando se sentaram, sozinhos, no pequeno jardim. – Sinto sua falta... E fiquei muito preocupado quando não recebi notícias suas.

– Eles devem estar jogando fora minhas cartas. De agora em diante, vou eu mesma ao correio. – Apesar de que só Deus saberia quando eles lhe dariam tempo livre para isso. – O que aconteceu? – perguntou ela, parecendo aflita, mas ainda sorrindo para ele. Estava tão feliz por vê-lo. – Você está bem, Nikolai?

– É claro... Danina, eu a amo... – Ele pareceu angustiado. Quase não conseguira suportar a dor de sua ausência.

– Eu o amo também – sussurrou ela, enquanto suas mãos encaixavam-se num aperto, e, sem eles perceberem, de uma janela mais acima, madame Markova os observava sem conseguir ouvir o que diziam. Contudo, ela viu as duas mãos fortemente agarradas e confirmou suas suspeitas. Sua boca formava uma linha fina e irritada de desdém e determinação. – Contou a Marie?

Suas sobrancelhas uniram-se antes de responder, e ele acenou que sim.

– Poucos dias depois que você partiu. – Porém não parecia contente com o resultado. Danina pôde perceber imediatamente e franziu a sobrancelha enquanto ouvia.

– O que ela disse?

Desde então, ele vivia uma terrível troca de acusações e um desgaste violento, mas não tinha intenção de perder aquela batalha.

– Não vai acreditar, Danina. Ela não quer voltar para a Inglaterra. Quer ficar na Rússia. Depois de 15 anos ameaçando ir embora e me dizendo o quanto odeia isto aqui, não vai embora quando ofereço sua liberdade. – Danina pareceu extremamente desapontada com o que ele falou e precisou segurar as lágrimas enquanto o ouvia.

– E o divórcio?

– Também não quer. Não vê razão para nos separarmos. Admite que é tão infeliz quanto eu, mas diz que a felicidade do casamento não lhe importa. Diz que não quer a humilhação do divórcio. Se morarmos juntos, você e eu, não poderei me casar, Danina. – Ele parecia arrasado pelo que disse a ela. Havia desejado dar-lhe tudo, um lar, respeitabilidade, segurança, filhos, uma vida inteiramente nova. No entanto, tudo o que podia oferecer agora era que ela fosse sua amante. Ela é quem seria humilhada, não sua esposa.

– Alguém sabe de nós? O czar? – Danina perguntou, parecendo preocupada.

– Creio que ele suspeita, mas não acho que desaprove. Ele gosta de você, de verdade, e já fez questão de dizer-me mais de uma vez.

– Não se aborreça com tudo isso – Danina disse, com um suspiro. – Tudo se resolverá com o tempo. Preciso terminar meu trabalho de qualquer modo. Eles estão muito tristes comigo por ter ficado longe por tanto tempo, e madame Markova está ameaçando me transferir para o corpo de baile e não me permitir dançar como primeira-bailarina. Diz que eu não danço mais como antes. Gostaria de retornar ao ponto em que larguei, e isto lhe daria tempo para convencer Marie a raciocinar. Podemos ser pacientes. – Ela procurou bravamente soar mais calma do que estava sobre sua vida no balé e sobre ele.

– Não tenho certeza de que consigo ser paciente – disse ele, tristemente. – Sinto sua falta de uma forma inacreditável. Quando poderá voltar a nos visitar? – Os dias sem ela haviam sido intoleráveis para ele, muito mais do que temera.

– Talvez neste verão, se me deixarem ter um descanso esse ano. Madame Markova tem falado em me fazer ficar para trabalhar sozinha enquanto os outros saem de férias, para recuperar o tempo que perdi quando estava com você.

– Ela pode fazer isso? Não é justo. – Ele pareceu revoltado. Queria ela consigo.

– Ela pode fazer tudo o que quiser. Nada é justo aqui. Veremos. Falarei sobre isso com ela quando o momento chegar. Agora, precisaremos ser pacientes e esperar. – Ele queria mesmo mais tempo para falar com Marie, para tentar argumentar com ela, e ao menos conseguir que ela partisse para a Inglaterra ou concordasse com alguma espécie de separação.

– Voltarei para vê-la dentro de algumas semanas, "por ordem do czar". – Ele sorriu para ela. – Você receberá as cartas, se eu escrever para você?

– Talvez se enviá-las num envelope imperial – disse ela com um ar de malícia, que o fez sorrir.

– Pedirei a Alexei para endereçá-las para mim. – E, depois, sem dizer mais nada, inclinou-se para ela e a beijou. – Não se aflija, meu amor. Faremos tudo dar certo. Eles não poderão separar-nos para sempre. Precisamos de algum tempo para encontrarmos as melhores soluções, mas não tempo demais. Não poderei suportar ficar sem você. – Ele estava a ponto de beijá-la novamente, inclinando-se em sua direção, quando viram a porta abrir-se para o jardim e madame Markova olhá-los fixamente.

– Você pretende passar o dia todo com seu *doutor*, Danina? Ou trabalhando? Talvez devesse estar num hospital, se ainda está tão doente e se o czar está tão interessado na sua saúde. Tenho certeza de que podemos encontrar um bom hospital público para você, se preferir isso a dançar aqui. – Danina já estava de pé, ao lado de Nikolai, em sua malha e sua sapatilha de ponta, e ele falou antes que ela pudesse dizer alguma coisa.

– Sinto muito, madame, tomei muito tempo da Srta. Petroskova. Não era minha intenção. Estava apenas preocupado.

– Tenha um bom dia, então, Dr. Obrajensky. – Toda sua gratidão a ele por ter salvado Danina havia alguns meses se dissipara, particularmente agora que sabia que era ele o inimigo. Já não tinha dúvidas quanto a isso.

Nikolai beijou Danina na face antes de sair, e ela lembrou-o de transmitir a todos seu carinho; com um último aperto em sua mão, voltou para a aula quando ele deixou o jardim. Ele parecia arrasado quando saiu do prédio onde ela comia, dormia e trabalhava como uma escrava 18 horas por dia. Só pensava em levá-la consigo em vez de deixá-la ali.

De volta à aula, Danina procurava desesperadamente concentrar-se e não pensar nele enquanto madame Markova a observava. Estava incansável em sua vigilância, sua crítica, suas palavras brutalmente cruéis. E quando Danina finalmente fez um intervalo, duas horas depois, madame Markova olhou para ela com franco desdém e visível desaprovação, algo muito próximo da raiva.

– E então, ele contou que não poderá abandonar a esposa? Que ela não concordará com o divórcio? Você é uma boba, Danina Petroskova, esta é a história mais velha que existe. E ele continuará fazendo-lhe promessas e quebrando-as, até partir seu coração e isso custar sua vida como bailarina, mas nunca deixará a esposa. – Soava como se falasse com experiência própria ou como se algo muito amargo houvesse passado havia muito tempo. Não tinha perdoado ou esquecido, nem o faria agora. – Foi isso que ele lhe disse? – A mulher mais velha a pressionava, mas Danina nunca admitiria a ela. Sabia que Nikolai nunca a magoaria, não importava o que madame Markova pensasse dele ou quais demônios do passado a assombrassem.

– Ele tinha uma mensagem para mim do czar e da czarina – disse Danina, calmamente.

– E o que era? – Danina não lhe contou que eles a queriam de volta no verão. Teria sido o golpe final entre ela e madame Markova. Sabia que não poderia contar-lhe ainda.

– Apenas que sentem minha falta e estão preocupados com minha saúde.

– Que gentileza da parte deles, que amigos importantes você tem. Mas eles não a ajudarão quando não puder mais dançar, não a quererão, e seu médico esquecerá de você muito antes disso. – Falou com uma amargura que Danina nunca percebera nela antes.

– Não necessariamente, madame – Danina falou com dignidade, virou-se e seguiu para sua próxima aula. Só aguentaria aquilo até certo ponto, e não importava que Marie não concordasse em divorciar-se ou mudar-se para a Inglaterra. Ela ainda queria estar com ele, casado ou não.

Todos os dias de maio foram de agonia, piorados pelas constantes críticas e acusações de madame Markova. Danina era acusada de estar fora do passo, fora do tempo, seus arabescos eram uma desgraça, seus braços pesavam como madeira, suas pernas estavam rígidas, seus pulos eram patéticos. Madame Markova fazia tudo o que podia para forçar Danina até seu limite e despedaçar seu espírito. Queria fazê-la lutar por sua dança e desistir de tudo o mais.

Mas, apesar disso, Danina esperou, e Nikolai veio vê-la novamente em junho. Dessa vez, trouxe uma carta pessoal da czarina. Queriam que ela fosse a Livádia em agosto, durante o mês todo se possível, mas Danina não via como poderia fazê-lo. Nada havia mudado com Nikolai no último mês. Marie, na verdade, estava mais inflexível em sua decisão e tornava as coisas muito difíceis quanto aos filhos, o que parecia surpreendê-lo ainda mais.

– Acho que é assim que as pessoas fazem. Elas precisam tornar as coisas mais dolorosas. Como madame Markova comigo. É um tipo especial de vingança, porque seu espírito não está mais nelas. E se a czarina quer mesmo que eu vá, precisará ordenar que madame Markova me mande; do contrário, não receberei permissão para aceitar o convite e não poderei ir.

– Eles não podem fazer isso com você – reclamou ele. – Você não é uma escrava.

– Até que sou – disse ela, parecendo exausta. Mas, dessa vez, quando ele saiu, prometeu que conseguiria que o próprio czar ordenasse sua ida, se era o que necessitava.

E, quando retornou para casa, confessou tudo ao czar. Contou-lhe tudo e implorou por sua ajuda para conseguir que Danina fosse para Livádia. O czar ficou comovido com o que ele contou e prometeu fazer o que pudesse, apesar de saber o quanto o balé era rigoroso e exigia de seus principais dançarinos.

– Eles podem até não me ouvir – disse, com um sorriso. – Acham que só respondem a Deus, e nem estou certo se que seguem suas ordens. – O czar sorriu para Nikolai.

Porém, a carta que chegou para madame Markova em julho era difícil, até para ela, de ser ignorada. O czar explicou que a saúde do czaréviche dependia disso, que ele havia se ligado muito a Danina e que estava inconsolável com sua ausência. Implorou a madame Markova que permitisse a Danina unir-se a eles.

E quando Danina foi chamada ao escritório, os olhos de madame Markova soltavam faíscas e sua boca formava uma linha dura e fina; então, ela disse apenas que acompanharia Danina a Livádia por um mês. Partiriam no primeiro dia de agosto e madame Markova não parecia nada contente a respeito. Não era isso o que Danina queria ouvir, e ela estava disposta a lutar pelo que tinha direito. Trabalhara muito para eles durante três meses, quase ao ponto da tortura. E agora eles a deviam um tempo longe, com Nikolai. Era tudo o que desejava, e Danina não aceitaria nada menos que isso.

110

– Não, madame – disse ela, tomando de total surpresa a mulher mais velha. Soava como uma mulher adulta, não mais como uma criança obediente.

– Você não irá? – Madame Markova ficou perplexa. A batalha estava vencida, então, e um lento sorriso começou a nascer em seus olhos pela primeira vez desde que Danina havia retornado para eles. A seus olhos, Danina havia sido uma traidora desde abril. – Você não quer vê-lo? – Era como música para seus ouvidos; a guerra fora vencida mais facilmente do que ela sequer ousara esperar.

– Quero ir sozinha. Não há nenhuma razão para que a senhora vá comigo. Não preciso de uma acompanhante, madame, apesar de apreciar sua oferta. Fico muito à vontade com a família imperial, e acredito que eles desejem que eu vá sozinha. – De fato, não havia nenhuma menção a madame Markova no convite, e ambas sabiam disso.

– Não vou deixá-la ir sozinha – respondeu madame Markova com os olhos ardendo de raiva.

– Então, precisarei explicar ao czar que não poderei seguir suas ordens. – Danina encarou-a com um olhar de determinação que madame Markova nunca vira nela, deixando-a mais desgostosa que nunca. O sorriso desapareceu de sua face e ela levantou-se, com um olhar gelado.

– Muito bem, então. Poderá ir por um mês, mas não prometo que ainda será uma primeira-bailarina quando abrirmos com *Giselle* em setembro. Pense com cuidado, Danina, antes de correr esse risco.

– Não tenho nada a temer, madame. Se essa é sua decisão, me conformarei. – Todavia, ambas sabiam que ela dançava melhor que nunca. Recuperara toda a sua antiga força e habilidade, e até acrescentara algumas técnicas novas e muito mais difíceis. Havia mesclado maturidade com disciplina e talento, e os resultados de seu trabalho e crescimento não podiam ser ignorados.

– Iniciaremos os ensaios no primeiro dia de setembro, como sabe. Esteja aqui no último dia de agosto. – Foi tudo o que madame Markova disse a ela e, depois, saiu como um furacão pela porta, deixando Danina sozinha.

Duas semanas depois, Danina estava no trem, desacompanhada, a caminho de Livádia, contemplando a amiga que havia perdido na mentora. Sabia, com certeza, que madame Markova nunca a perdoaria por abandonar o balé. Não disse mais uma única palavra a Danina antes da sua partida e, propositadamente, evitou-a quando a bailarina foi despedir-se dela. A amizade entre elas havia terminado, e apenas porque amava Nikolai. Danina, porém, não faria nada para perdê-lo ou a uma oportunidade de estar com ele. Nada era mais importante para ela. Nem mesmo o balé.

6

O período que Danina e Nikolai passaram juntos em Livádia foi idílico. Receberam um pequeno e discreto chalé de hóspedes onde viveram juntos, dessa vez abertamente, e foram tratados como marido e mulher tanto pelo czar quanto pela czarina. Eles pareciam compreender.

O tempo esteve ótimo, as crianças animadas por vê-la novamente e, cumprindo sua palavra, Alexei até a "ensinou" a nadar, e Nikolai ajudou "um pouco".

A única coisa que lamentava era Danina não ter conhecido seus filhos, mas isso não era possível, por enquanto. Marie ainda não havia concordado com o divórcio, mas ao menos fora visitar seu pai em Hampshire, durante o verão, e levara os meninos consigo. Nikolai esperava que, estando lá, se lembrasse do quanto gostava de sua terra e quisesse viver nela, mas até o momento não estava muito otimista sobre alguma mudança de planos. Ela parecia estar firmemente determinada a continuar casada com ele, nem que fosse para atormentá-lo.

– Não importa, meu amor. Estamos felizes assim, não estamos? – Danina lembrou-lhe quando ele tocou no assunto. Estavam tão felizes naquele pequeno chalé. Ela tomava o café da manhã com ele todos os dias, no terraço, e faziam as outras refeições com a família imperial. Ficavam com eles o tempo todo, e passavam noites longas e apaixonadas sozinhos.

– Quero dar a você mais que um chalé emprestado pela benevolência do czar – Nikolai disse um dia, com um ar de tristeza, odiando Marie mais do que nunca por não lhe devolver sua liberdade.

– Teremos muito mais, um dia, e posso continuar dançando pelo tempo que for preciso. – Mais que Nikolai, ela estava resignada com seu destino, mas ele se preocupava com ela.

– Aquela mulher vai matá-la se você ficar no balé por mais tempo – reclamou. Ele não gostava de madame Markova, nem ela dele. E desde que Danina retornara ao balé, quatro meses antes, parecia mais magra, e chegou de São Petersburgo exausta. A intensidade de seu trabalho era desumana.

Dessa vez, teve o cuidado de se exercitar intensivamente todos os dias, para não perder o tônus muscular enquanto estivesse em Livádia, e Alexei adorou observá-la dançando e praticando durante horas a fio. A czarina providenciou a instalação de uma barra para ela, e, após os exercícios, ela saía para longas caminhadas com Nikolai. Estava em perfeita forma quando o mês chegou ao fim, mas, depois daquele tempo idílico juntos, não conseguia pensar em abandoná-lo novamente.

– Não podemos continuar assim eternamente – disse ela, triste –, vendo-nos por alguns minutos, uma vez por mês, quando pode me visitar. Não me importo em dançar, mas não suporto estar longe de você. – E não haveria mais férias tão cedo para ela, ao menos até o Natal. A família imperial já a havia convidado para passar o feriado com eles em Tsarskoe Selo, com Nikolai. Eles poderiam até ficar no conhecido chalé. Porém, para isso ainda faltavam quase quatro meses, e Danina não podia sequer pensar em tudo o que precisaria passar até chegar lá. Seriam quatro meses infernais nas mãos de madame Markova, enquanto era punida por amar a um homem mais do que ao balé. Era uma maneira insana de viver.

– Quero que pare de dançar no Natal – Nikolai finalmente verbalizou, na última noite que passaram juntos. – Descobriremos alguma forma de resolver isso. Talvez você possa ensinar balé às grã-duquesas ou a algumas senhoras enquanto espera por mim. E talvez encontre um pequeno chalé, próximo ao palácio, para que possa ficar perto de mim. – Era sua única esperança, se Marie não concordasse com o divórcio.

– Veremos – disse ela, pacientemente. – Não deve arriscar sua vida inteira por mim. Se Marie fizer muito alvoroço, poderá perturbar sua vida com o czar ou causar um terrível escândalo. Você não precisa disso.

– Falarei com ela novamente quando retornar da Inglaterra e depois visitarei você.

Tão logo Danina partiu para São Petersburgo, Alexei caiu doente e a presença de Nikolai foi necessária dia e noite, todas as horas, pelas seis semanas seguintes. Somente em meados de outubro, finalmente, teve condições de visitá-la. Até ali, madame Markova a havia mantido como primeira-bailarina, para alívio de Danina, e ela havia dançado *Giselle*, como fora prometido.

Nikolai, todavia, trouxe apenas más notícias dessa vez. Alexei ainda estava doente, apesar de um pouco melhor agora, apenas o suficiente para seu médico deixá-lo por algumas horas, e as grã-duquesas haviam caído com a gripe, o que também o mantivera ocupado. Danina achou-o com a aparência cansada e triste, ainda que obviamente feliz por vê-la.

Marie retornara da Inglaterra duas semanas antes e estava mais inflexível que nunca quanto a liberá-lo. Começara a ouvir rumores a respeito de Danina e ameaçava criar um grande escândalo, o que poderia custar a ele sua posição ou até mesmo qualquer ligação remota com o czar e a czarina. Efetivamente, Marie o chantageava e mantinha-o refém, e quando ele perguntou-lhe por quê, respondeu que ele tinha a obrigação de tratá-la com respeito e não a embaraçar ou a seus filhos, apesar de admitir que nunca o amara. Contudo, continuaria com ele a todo custo. Disse-lhe que achava embaraçoso ser deixada por outra mulher, especialmente uma bailarina. Falou como se Danina fosse uma prostituta, e isso o enfureceu. Tiveram uma discussão interminável, mas ele não conseguiu chegar a lugar algum. Ficou muito deprimido com isso, e Danina podia perceber claramente.

Sua próxima visita foi em novembro, e madame Markova quase não o deixou ver Danina, mas ele foi tão insistente que finalmente faltaram à velha senhora argumentos. Ela, porém, só permitiu que Danina ficasse com ele durante meia hora, devido aos ensaios. O único conforto para o casal era saber que estariam juntos por três semanas durante o Natal e o Ano-novo. Por enquanto, era a única coisa boa pela frente.

Depois, ele compareceu a todas as suas apresentações, ou a todas que pôde. O pai de Danina também veio a uma, como fazia todos os anos, mas infelizmente nunca estiveram presentes na mesma apresentação, portanto ela não pôde apresentar Nikolai ao pai.

Sua família foi tomada por uma tragédia antes do Natal. Seu irmão mais novo, a quem amava muito, foi morto em Molocdechno, no front oriental, durante uma batalha. Ela estava muito triste por ele, na ocasião de sua última apresentação, e ainda num estado de ânimo sombrio quando Nikolai buscou-a para seguirem para o pequeno chalé de Tsarskoe Selo, e ele foi profundamente solícito com ela devido à sua perda. A notícia da morte de seu irmão a enchera de dor, e até mesmo Alexei achou que ela parecia triste e mais quieta que o usual, como informou à família imperial após visitá-la em sua chegada.

No entanto, o Natal com eles foi mágico, e seu ânimo se elevou durante o período que passou com Nikolai, conversando calmamente, trocando livros como antes. Ficaram juntos abertamente, como em Livádia naquele verão. Conversaram sobre o quanto se amavam e sobre os bons tempos que compartilharam, mas pouco podiam dizer sobre o futuro. Marie continuava presa à sua posição irracional e inflexível. Ainda assim, ele começou a procurar pequenas casas para Danina e estava determinado a economizar o suficiente para que ela pudesse desistir da dança e morar com ele. Mas ambos sabiam que levaria tempo, talvez muito, antes que pudessem fazer isso. Ela tinha prometido a si mesma, e a ele, que dançaria até o fim da primavera ou, talvez, até o fim do ano.

Porém, logo que voltou ao balé, começou a sentir-se doente. Comia menos ainda do que antes e, quando a viu, no final de janeiro, ele ficou seriamente desanimado com sua aparência e palidez.

– Está trabalhando demais – reclamou, como sempre, todavia mais severamente que o usual. – Danina, ficará doente se não parar.

– Não se morre de dançar. – Sorriu, detestando admitir o quanto se sentia doente. Não queria preocupá-lo, pois Marie já era tão difícil e o czaréviche estava doente novamente. Nikolai tinha problemas suficientes para preocupá-lo, não precisava de mais um. Contudo, as tonteiras eram cada vez mais frequentes e, por duas vezes, quase desmaiara em sala de aula, apesar de não haver informado a ninguém e parecerem não perceber o quanto estava mal. Em fevereiro, sentiu-se tão doente que, certa manhã, foi incapaz de levantar-se da cama.

Forçou-se a dançar naquela tarde a todo custo, mas, quando madame Markova a viu, Danina estava sentada num banco com os olhos cerrados, extremamente pálida.

– Está doente outra vez? – perguntou madame Markova, num tom acusador, ainda incapaz de perdoá-la por seu prolongado romance com o jovem médico do czar. Não fizera nenhuma tentativa de esconder que achava isso uma desgraça e se afastara de Danina.

– Não, estou bem – disse Danina com uma voz fraca. Madame Markova acompanhou-a com um olhar preocupado durante os dias que se seguiram e, quando Danina quase desmaiou durante um ensaio noturno, sua mestra imediata veio em seu auxílio.

– Devo chamar um médico para você? – perguntou, com um ar mais gentil. Na verdade, Danina estava dando a eles tudo o que podia e até mais, mas aquilo não era suficiente para pagar a dívida que madame Markova achava que tinha com a academia. Fora impiedosa e cruel com ela, mas vendo o quanto estava doente, até madame Markova se abrandou. – Quer que mande chamar o Dr. Obrajensky? – perguntou-lhe, para o espanto de Danina.

Nada poderia agradar mais a Danina do que ter uma desculpa para vê-lo, mas não queria amedrontá-lo e tinha certeza de que estava muito doente. Mais de um ano havia passado desde que tivera a gripe, porém, nos dez meses após seu retorno ao balé, ela se forçara tão inexoravelmente que começou a pensar que havia destruído sua saúde, como Nikolai a advertira. Sentia-se zonza constantemente, não conseguia comer nada sem passar mal e estava exausta. Praticamente não conseguia colocar um pé na frente do outro, mas, mesmo assim, dançava 16 a 18 horas por dia, e, todas as noite, quando ia para a cama, sentia-se como se fosse morrer. Talvez Nikolai estivesse certo, pensou ela uma noite, deitada na cama, querendo vomitar, mas sem forças para levantar-se. Talvez o balé a matasse, afinal.

Cinco dias mais tarde, não tinha condições de levantar-se da cama e sentia-se tão mal que nem lhe importava o que madame Markova fizesse ou a quem chamasse. Tudo o que Danina queria era ficar deitada ali e morrer. Somente lamentava o fato de que não veria Nikolai novamente e pensou quem iria contar-lhe quando ela se fosse.

Estava deitada, com os olhos fechados, e às vezes a consciência fugia-lhe, pois o quarto girava em torno dela cada vez que abria os olhos, e sonhou que o viu ao lado de sua cama. Sabia que não poderia estar ali e pensou que estava delirando novamente, como durante a gripe. Chegou a ouvi-lo falar com ela e chamar seu nome quando o viu virar-se e dizer algo a madame Markova, perguntando-lhe por que não o chamara antes.

– Ela não quis. – Danina ouviu uma visão de madame Markova dizer, e abriu os olhos novamente para vê-lo. Mesmo que a visão não fosse real, pensou ela, parecia-se exatamente com Nikolai. Sentiu a mão dele segurando as suas, medindo-lhe o pulso, depois viu-o aproximar-se e perguntar-lhe se conseguia ouvi-lo. Tudo o que pode fazer foi acenar; sentia-se muito doente para falar qualquer coisa.

– Precisamos levá-la a um hospital – disse a visão com muita clareza, mas ela não estava com febre.

Ele ainda não sabia o que havia de errado com ela, exceto que estava muito doente e não conseguia manter nada no estômago, água ou alimento, havia tantos dias que, na verdade, parecia estar morrendo. Quando olhou para ela, seus olhos encheram-se de lágrimas.

– A senhora literalmente a fez trabalhar até morrer, madame – disse ele, numa fúria quase incontrolável –, e, se ela morrer, precisará explicar-se a mim e ao czar – acrescentou, por medida de precaução. Enquanto Danina o ouvia falar, percebeu que era real e que não estava sonhando. Era mesmo Nikolai.

– Nikolai? – disse, num tom fraco, quando ele segurou sua mão novamente e, inclinando-se para ela, sussurrou:

– Não fale, meu amor, procure descansar. Estou aqui, agora. – Estava a seu lado e falavam sobre hospitais e ambulâncias, e ela tentava dizer-lhe que não precisava disso. Tudo parecia muito trabalhoso. Só queria ficar deitada na cama e morrer, com Nikolai por perto, segurando sua mão.

Ele mandou que todos saíssem do quarto e a examinou cuidadosamente, lembrando-se do gracioso corpo com saudades. Não estavam juntos havia dois meses e nada mudara. Estava tão apaixonado por ela como sempre fora, mas, por enquanto, o balé ainda era seu dono, assim como Marie era a sua. Começando a imaginar, assim como Danina, se algum dia ficariam juntos ou se seria sempre assim.

– O que está acontecendo com você? Pode dizer-me, Danina?

– Não sei... Enjoada o tempo todo... – resmungou ela e dormiu enquanto falava com ele; depois acordou novamente, sentindo-se desesperadamente mal e com ânsia de vômito. Porém, seu estômago estava vazio havia muito tempo. Só tinha bílis. Tudo o que ela tinha eram os vômitos secos, como vinha acontecendo havia vários dias. Era mais fácil não comer ou beber nada, assim não vomitaria a todo momento. E ainda continuara dançando 16 horas por dia, forçando-se a continuar até não conseguir mais.

– Danina, fale comigo – insistiu, acordando-a novamente. Seu medo era que entrasse em coma por inanição, desidratação ou por pura exaustão. Eles a forçaram até a morte, literalmente, e seu corpo parecia desistir, devido à constante pressão e à falta de alimento para sustentá-lo. – O que está sentindo? Há quanto tempo está assim? – Ele estava cada vez mais furioso, e os outros ainda esperavam para saber se ele queria levá-la ao hospital ou se necessitaria de uma ambulância. Não sabia o que ela tinha ao certo, mas seu aspecto o preocupava cada vez mais.

– Há quanto tempo está se sentindo doente? – perguntou novamente. Não estava tão mal quando a viu pela última vez, apesar de não estar com uma boa aparência e de haver admitido que mesmo naquela ocasião não se sentia muito bem.

– Um mês… dois meses… – disse ela, soando grogue.

– Tem vomitado por esse tempo todo? – Ele parecia horrorizado. Há quanto tempo ela estaria sem uma alimentação adequada? E quanto tempo mais suportaria? Agradeceu a Deus por madame Markova tê-lo finalmente chamado. No final, temia fazê-lo, considerando a ligação indireta de Danina com o czar. Além disso, apesar da raiva dela nesse último ano, na verdade madame Markova a amava e ficara aterrorizada com o que vira. – Danina… fale comigo… Quando isso começou? Exatamente. Procure lembrar-se. – Nikolai pressionou-a e Danina abriu os olhos e procurou lembrar-se de quanto tempo estava doente. Parecia-lhe uma eternidade.

– Janeiro. Quando voltei das férias do Natal. – Haviam se passado quase dois meses. Tudo o que ela queria era dormir e que ele parasse de falar com ela.

– Sente dor aqui? – Examinava seu corpo todo, suavemente, mas ela não reclamava de nada. Parecia desesperadamente fraca e desnutrida. Estava literalmente morrendo de fome. Ele pensou em apendicite, mas não havia sinal de infecção ali, ou uma úlcera supurada, mas ela insistiu que não vomitara sangue ou qualquer coisa escura ou agourenta. Não havia nenhum sintoma, exceto os vômitos sem parar, e, agora, a falta de cons-

120

ciência e a fraqueza. Ele nem ousava levá-la para um hospital antes de ter mais informações. Não achava que tinha tuberculose ou tifo, apesar da primeira hipótese não ser impossível, mas, se fosse o caso, ela já estaria nos estágios finais.

Ouviu seus pulmões e coração. Seu pulso estava fraco, mas ele não conseguia entender o que estava acontecendo com ela. Então, fez uma pergunta que sabia que ela acharia indelicada, mas ele não era apenas seu amante, era também seu médico e precisava saber. Seu organismo estava inteiramente depauperado e ela dançava tanto, havia tanto tempo e tão arduamente, que não era raro as funções femininas pararem, e, de repente, pensou em outra coisa. Sempre foram tão precavidos... Sempre... Exceto depois do Natal. Uma só vez. Ou duas.

Examinou-a mais uma vez, com muito cuidado, e então, com o coração apertado, levou a mão abaixo de seu abdômen, tocou-o suavemente e sentiu uma saliência pequena, quase imperceptível, porém grande o suficiente para confirmar o que antes não suspeitara. Ela estava certamente com quase dois meses de gravidez, e se forçara tanto e ficara tão enjoada, trabalhado tanto, que poderia até mesmo morrer por isso. E se estava grávida, na condição em que se encontrava, era um milagre não ter perdido o bebê.

– Danina – murmurou para ela quando acordou novamente –, acho que você está grávida. – Falou de uma forma tão suave que sabia que ninguém o ouviria, mas imediatamente seus olhos se abriram, com surpresa. Ela havia pensado nisso uma ou duas vezes e depois tirara a possibilidade da cabeça completamente. Não podia ser. Não pensaria nisso. Porém, quando ele falou, ela soube, e fechou novamente os olhos enquanto as lágrimas escorriam.

– O que faremos agora? – sussurrou em resposta, olhando para ele em desespero. Aquilo realmente destruiria a vida deles, e Marie nunca o libertaria, nem que fosse por vingança.

– Precisa voltar comigo. Poderá viver no chalé até se sentir mais forte. – Mas era uma solução temporária, e ambos sabiam disso. Teriam problemas muito maiores.

– E depois? – disse Danina, com tristeza. – Não posso morar com você... você não pode se casar comigo... o czar tirará seu cargo... ainda não temos dinheiro suficiente para uma casa... e eu não poderei dançar por muito mais tempo se você estiver certo. – Mas sabia que ele estava certo. Algumas meninas haviam dançado até onde podiam e foram descobertas, após um ou dois meses, e expulsas da academia. Outras haviam perdido o bebê com as longas horas de trabalho e os ensaios exaustivos. Ela sabia disso. Não havia uma solução fácil.

– Juntos, daremos um jeito – disse ele, desesperadamente preocupado com ela. Não podia nem mesmo dar-lhe um lugar para morar, que dirá aonde levar seu bebê, mas não conseguia pensar em nada mais doce do que uma criança nascida de seu amor. Ainda assim, como se sustentariam quando ela parasse de dançar? Suas economias eram ainda muito pequenas, e ela ganhava mais elogios que dinheiro. E Marie e os meninos gastavam cada centavo de seu salário. – Pensaremos em alguma coisa – disse ele, gentilmente. Ela apenas balançou a cabeça e chorou baixinho quando ele a abraçou. Parecia tomada pelo desespero. – Deixe-me levá-la comigo – disse ele, parecendo ansioso. – Ninguém precisa saber por que está doente. Precisamos conversar sobre isso. – Contudo ela sabia melhor que ninguém que não havia nada para conversar a respeito e nada pelo que esperar. Todos os seus sonhos ainda estavam muito distantes e não havia meios de atingi-los.

– Precisarei ficar aqui – disse ela, e a ideia de ir a qualquer outro lugar a fez sentir-se ainda mais doente. Dessa vez, não poderia acompanhá-lo. Ele detestou abandoná-la, especialmente sabendo o que agora sabia.

Ficou com ela até tarde, e disse a madame Markova que temia uma úlcera séria e que achava que ela deveria retornar para o chalé do palácio até melhorar. No entanto, foi Danina quem não concordou e disse a madame Markova que não queria ir embora, que estava doente demais e que poderia se recuperar ali tão bem quanto no chalé, o que não era verdade, todos sabiam. Madame Markova, porém, ficou muito satisfeita por ela não querer ir com ele. Pensou que era um sinal auspicioso de que o caso com Nikolai podia estar chegando ao fim. Foi a primeira vez que Danina resistiu a alguma coisa que ele dissesse.

– Somos perfeitamente capazes de cuidar dela aqui, doutor, apesar de, talvez, não com a mesma elegância que em Tsarskoe Selo – disse ela com um toque de sarcasmo. Nikolai ficou perturbado por Danina não concordar em ir com ele e discutiu com ela sem parar depois que madame Markova deixou o quarto.

– Quero você comigo. Quero cuidar de você, Danina. Precisa vir.

– Por quanto tempo? Mais um mês? Dois? E, depois, o quê? – disse ela, sentindo-se miserável. Sabia que somente havia uma solução, mas não queria mencioná-la. Conhecia outras garotas do balé que haviam tomado essa medida e sobrevivido. Também queria muito seu bebê, mas não tinham a menor chance de tê-lo. Talvez mais tarde, mas não nas circunstâncias em que ainda se encontravam. Precisavam encarar a situação e ela não estava certa de que Nikolai estava pronto para admiti-la. Na realidade, tinha certeza de que não estava. – Precisa deixar-me, Nikolai – disse ela. – Poderá voltar em alguns dias.

– Estarei de volta amanhã – disse ele, e saiu, sentindo-se arrasado e em pânico pela situação. Foram descuidados uma ou duas vezes, mas era a última coisa que ele achara que poderia acontecer. Agora, não tinha como ajudá-la a encontrar uma solução. Era culpa sua, ele sabia, mais do que dela. Estava agoniado por Danina pagar um preço maior do que ele.

Quando voltou no dia seguinte, nenhum dos dois tinha respostas simples. Não tinham como sustentar ou cuidar de um bebê. Não conseguiriam nem mesmo pagar um lugar para morar. Simplesmente não era possível, ela sabia, apesar de ele insistir que sim, mas Danina não discutiu. Ela ficou deitada, miserável, chorando em silêncio, e ainda zonza e vomitando. Agora ele a forçava a comer e beber o que conseguisse, e ela lhe parecia um pouco mais forte, mas estava tão enjoada que em vez de sentir-se melhor, se achava pior. Ele também chorava e ficava sentado, sem ter o que, fazer, olhando para ela. Sabia que ela estaria melhor em um mês ou dois. Mas, até lá, passaria por uma grande tortura.

Quando Nikolai foi embora novamente, ela procurou uma das bailarinas. Danina sabia que Valéria havia feito aquilo duas vezes, ao que ouvira. Valéria lhe disse aonde ir e a quem procurar e até ofereceu-se para acompanhá-la, e Danina, grata, aceitou sua ajuda.

Elas saíram na manhã seguinte, sem fazer nenhum barulho, quando as outras foram para a igreja. Era domingo, e madame Markova estava na missa, como sempre. Danina, obviamente, estava muito doente para ir e Valéria simulara; uma enxaqueca. Saíram apressadas, Danina sentindo-se enjoada a cada cinco minutos no caminho. Tiveram que atravessar metade da cidade a pé, mas finalmente chegaram ao endereço, num bairro pobre e sujo.

Era uma casa pequena e escura, com cortinas sujas na janela, e a aparência da mulher que abriu a porta fez Danina tremer, mas Valéria afirmou que terminaria logo e seria bem-feito. Danina havia trazido consigo todas as suas economias e esperava ter o dinheiro necessário. Tinha se horrorizado quando soubera o quanto lhe custaria.

A mulher, que se dizia "enfermeira", fez a Danina uma série de perguntas. Desejava certificar-se de que não fora há muito tempo, mas dois meses de gravidez não pareceram preocupá-la. Depois de pegar metade de seu dinheiro, conduziu Danina para um quarto nos fundos. Os lençóis e cobertores pareciam sujos; havia marcas de sangue no chão que ninguém se preocupara em limpar depois da última visita para "a enfermeira".

A velha mulher lavou suas mãos numa bacia de água que ficava num corredor e pegou uma bandeja de instrumentos que, segundo ela, estavam bem lavados, mas que pareceram a Danina aterrorizantes, e ela se virou para não olhar.

– Meu pai era médico – explicou a enfermeira. Danina não quis ouvir falar sobre isso, só queria terminar logo com aquilo. Sabia que se Nikolai soubesse o que estava fazendo, faria qualquer coisa para impedi-la, e, uma vez que descobrisse, poderia nunca perdoá-la. Mas ela não podia deixar-se levar por esse tipo de pensamento. O pior era que ambos desejavam o bebê, mas ela sabia que não poderiam tê-lo. Não havia como sequer pensar nisso; era preciso resolver o problema para o bem dos dois, por mais terrível que fosse, mesmo se aquilo a matasse. Enquanto pensava e imaginava se morreria, a enfermeira mandou que tirasse as roupas; as mãos de Danina tremiam sem parar à medida que despia cada peça. Finalmente, deitou-se na cama suja, vestindo apenas seu suéter, e a mulher examinou-a e fez um sinal afirmativo com a cabeça. Como Nikolai, ela sentiu a protuberância pequena e redonda na parte inferior de sua barriga.

Nada do que acontecera na vida de Danina a havia preparado para tal humilhação e horror. Nada que jamais conhecera com Nikolai tinha qualquer relação com aquilo, e, enquanto pensava, começou a vomitar. Aquilo, porém, não pareceu impedir a mulher que se dizia enfermeira, e ela assegurou a Danina que logo estaria terminado. A "enfermeira" explicou que poderia ficar ali um pouco até se sentir forte para andar novamente, e depois teria que sair. Se houvesse algum problema, deveria chamar um médico e não voltar ali, pois ela não cuidava de problemas posteriores. Depois que o trabalho houvesse sido feito, o restante seria responsabilidade de Danina. Não seria permitida sua entrada, se tentasse retornar, a mulher lhe falou com um ar sombrio.

– Vamos começar – disse a enfermeira com firmeza. Gostava de fazer tudo rápido, para mandar logo suas pacientes embora antes que lhe causassem muito problema. O fato de Danina ainda estar vomitando não atrapalhou, mas Danina pediu que esperasse um minuto e então sinalizou que estava pronta. Estava com muito medo para falar.

Danina apoiou-se como a mulher orientou. Com um braço forte, ela segurou a perna de Danina para baixo e, com uma voz severa, mandou-a não se mover. As pernas de Danina, contudo, estavam tremendo com muita violência para obedecer. E nada que qualquer pessoa lhe houvesse dito a preparara para a dor aguda que sentiu quando a mulher introduziu nela o instrumento que usava. Danina tentou não gritar enquanto mirava o teto, e não sufocar no próprio vômito. A dor parecia interminável, e o quarto começou a girar à sua volta quase instantaneamente, até que ela finalmente mergulhou numa misericordiosa escuridão. De repente, a mulher a sacudia, depois de cobrir sua cabeça com um pano frio, e disse-lhe que podia se levantar. Estava terminado.

– Acho que ainda não consigo ficar em pé – disse Danina muito fraca. O odor do vômito era forte, e a visão de uma bacia de sangue perto da cama quase a fez desmaiar novamente quando a mulher a colocou de pé e a ajudou a vestir-se, sem esperar mais tempo. Danina estava cambaleando de tontura, dor e terror quando a enfermeira colocou paninhos entre suas pernas. Era insuportável pensar naquilo tudo enquanto andava vagarosamente em direção à sala ao lado, para encontrar sua amiga, quase incapaz de vê-la, e ficou espantada ao perceber que ficara ali por menos de uma hora. Valéria pareceu preocupada, mas aliviada. Sabia melhor que ninguém como era ruim, tendo ela mesma passado por aquilo.

– Leve-a para casa e faça-a deitar-se – disse a enfermeira, segurando a porta aberta para elas, que tiveram a sorte de achar um táxi passando por ali. Mais tarde, Danina não conseguiu lembrar-se da viagem de volta para a escola. Somente se lembrava de deitar na cama e sentir os panos entre as pernas, e da dor da cauterização que a mulher fizera. Não conseguia pensar em nada, nem em Nikolai, nem no bebê, que acabara de acontecer. Simplesmente se acomodou na cama, com um gemido suave, e, em poucos segundos, estava inconsciente.

7

Quando Nikolai a visitou naquela tarde, encontrou-a na cama, vestida, dormindo profundamente. Não tinha ideia de onde havia estado ou o que fizera, mas ficou aliviado por ao menos vê-la dormindo, até observá-la mais de perto. Sua face estava sem cor, seus lábios estavam azulados e, quando tomou seu pulso, entrou em pânico e tentou acordá-la, descobrindo que não conseguia. Ela não estava dormindo, percebeu, estava inconsciente. Quando, por instinto médico, puxou as cobertas, viu que estava deitada numa poça de sangue que se espalhava à sua volta. Tiveram uma hemorragia havia horas.

A essa altura, não hesitou por um instante. Mandou que uma das bailarinas chamasse uma ambulância e, desesperado, começou a tirar as roupas dela. Estava quase morta e ele não tinha a menor ideia da quantidade de sangue que havia perdido, mas o que viu à sua volta parecia muitíssimo. E os panos que achou entre suas pernas explicavam tudo.

– Oh, meu Deus... oh... Danina... – Não havia nada que pudesse fazer para estancar o fluxo de sangue. Ela necessitava de uma cirurgia, talvez nem isso a salvasse.

Tão logo ouviu a notícia, madame Markova correu ao quarto de Danina. A cena que encontrou no pequeno dormitório contou-lhe tudo o que precisava saber. Nikolai estava sentado a seu lado, segurando sua mão com lágrimas correndo pela face. Seu olhar de desespero emocionou até mesmo madame Markova. Porém, quando a diretora do balé entrou no quarto, a dor e sensação de desamparo de Nikolai rapidamente se transformaram em ódio.

– Quem a deixou fazer isso? – perguntou ele, rispidamente. – A senhora sabia disso? – Seu tom era de acusação, dor e fúria.

– Eu não sabia de nada – respondeu ela, zangada –, provavelmente menos que o senhor. Ela deve ter saído quando fomos à igreja – disse, com tristeza, temendo pela vida de Danina.

– Há quanto tempo foi isso?

– Quatro ou cinco horas atrás.

– Meu Deus... Não compreende que isso poderia matá-la?

– É claro que compreendo. – Queriam estrangular-se mutuamente, cada um em seu respectivo pavor pela menina a quem amavam. Felizmente a ambulância chegou rapidamente e levou-a a um hospital que Nikolai conhecia bem, e ele contou-lhes o pouco que sabia. Ela não recuperou a consciência antes da cirurgia e demorou duas horas até que o cirurgião viesse conversar com ele e madame Markova, sentados em silêncio na sala de espera vazia, trocando olhares.

– Como está ela? – perguntou Nikolai rapidamente enquanto madame Markova ouvia, mas o cirurgião não pareceu contente. Fora quase uma tragédia, e estavam fazendo a quarta transfusão.

– Se ela viver – disse, solene –, acredito que ainda possa ter filhos. Porém, é cedo para saber. Perdeu uma grande quantidade de sangue, e quem fez isso deve ser um carniceiro. – Descreveu a situação para Nikolai em termos médicos e, fora a hemorragia que se recusava a estancar, apesar de tudo o que faziam, a grande ameaça era uma infecção. – Isso não será fácil para ela – explicou o cirurgião a madame Markova. – Deverá ficar aqui por várias semanas, talvez mais, se é que sobreviverá. Saberemos melhor amanhã pela manhã, se conseguir resistir. Por agora, fizemos tudo o que podíamos para salvá-la. – Madame Markova chorava ternamente quando o cirurgião terminou.

– Posso vê-la agora? – perguntou Nikolai respeitosamente, aterrorizado pelo que o cirurgião dissera. Não lhes dera nenhuma garantia de que ela sobreviveria.

– Não poderá fazer nada por ela – explicou o cirurgião. – Ainda não está consciente e poderá continuar nesse estado por algum tempo.

– Quero estar lá quando acordar – disse Nikolai, quieto, horrorizado com o que acontecera sem que soubesse e por ter sido incapaz de impedi-la. Eles teriam dado algum jeito. Ele havia pensado sobre isso a noite toda e revirado inúmeras soluções em sua mente. Ela não precisava ter arriscado sua vida para resolver o problema. Tudo teria se resolvido, ou assim ele supunha.

Permitiram que Nikolai entrasse na sala de cirurgia onde Danina ainda se recuperava, e ela pareceu-lhe sem cor, apesar das transfusões que recebera. Sentou-se silenciosamente a seu lado e pegou sua mão livre nas suas. Segurou-a suavemente enquanto lágrimas escorriam de seu rosto e lembrou-se do tempo que haviam passado juntos e do quanto a amava. Gostaria de matar quem havia feito aquilo. Na sala de espera, madame Markova parecia arrasada e sofrer com as mesmas emoções que ele, mas nada poderiam fazer. Sua mentora e seu amante estavam perdidos em seus próprios pensamentos e mundos enquanto Danina lutava pela sobrevivência.

Era quase meia-noite quando Danina finalmente se mexeu, com um gemido doloroso. Seus lábios estavam secos e ela quase não conseguia abrir os olhos, mas, quando girou a cabeça e o viu, um soluço instantaneamente ficou preso em sua garganta quando se lembrou vagamente do que havia acontecido e do que ela havia feito ao bebê.

– Oh, Danina... desculpe-me... – Chorava como uma criança quando a envolveu em seus braços e implorou-lhe que o perdoasse por tê-la colocado naquela situação. Nem mesmo brigou com ela por ter feito aquilo. Era tarde demais para isso, e ela havia pago um alto preço. – Como isso foi acontecer? Por que não falou comigo antes de fazer...?

– Eu sabia... você nunca... me deixaria... fazer isso... desculpe-me – chorou ela também. Ambos choraram por si mesmos e pelo bebê que não nascera. Mas tudo o que ele queria era que ela melhorasse. Sabia, ao olhar para ela, que levaria muito tempo para recuperar-se de tudo o que havia acontecido. Na manhã seguinte, o cirurgião noticiou que ela sobreviveria, e Nikolai precisou segurar suas lágrimas de alívio. E, por respeito a ela, Nikolai foi contar a madame Markova que, chorando, partiu, ainda sem ver Danina. Segundo o cirurgião, ela estava muito doente para ver qualquer pessoa, e Nikolai concordou com ele.

Ele não saiu de perto durante aquela noite; somente foi em casa mudar de roupa, ver como estava Alexei e certificar-se de que o Dr. Botkin ainda podia substituí-lo. Explicou que uma amiga estava gravemente doente no hospital e que precisava estar com ela. Apesar de seu colega não perguntar, tinha certeza de quem era.

– Ela ficará boa? – perguntou o Dr. Botkin gentilmente, espantado com a expressão arrasada e angustiada de Nikolai. Fora uma noite de agonia para ele também, preocupado como estava com Danina.

– Espero que sim – disse Nikolai calmamente.

Ele voltou mais tarde, naquele dia, e novamente ficou sentado ao seu lado a noite toda, sem dormir. Ela acordava e dormia, resmungando, falando com pessoas que ele não conseguia ver e gritou seu nome mais de uma vez, implorando-lhe que a ajudasse. Partia seu coração vê-la assim, mas passou por tudo aquilo sentado em silêncio, segurando sua mão, pensando no futuro de ambos e nos outros filhos que ainda esperava ter com ela.

Dois dias se passaram até a hemorragia estancar completamente, e as transfusões pareceram surtir efeito. Ainda estava fraca demais para sentar-se, mas ele conseguiu dar-lhe sopa, como um enfermeiro, e dormiu num colchonete ao seu lado. Quando a viu um pouco melhor, finalmente ousou dormir. Estava exausto, mas profundamente grato por Danina ter sobrevivido.

– Como se sente hoje? – perguntou ele gentilmente, vendo as olheiras em seus olhos. Ainda parecia pálida.

– Um pouco melhor – mentiu ela. Não se lembrava das outras meninas terem ficado tão doentes em situação semelhante, apesar de ouvir falar de mulheres que morriam disso, mas ela nunca entendera com clareza o risco que corria. E, se entendesse, teria feito do mesmo jeito. Não tinha absolutamente nenhuma escolha e, mesmo agora, com Nikolai a seu lado, sabia que eles nunca poderiam ter tido aquele bebê. Teria destruído tudo, a vida dele, a carreira dela. Não havia espaço para uma criança em suas vidas. Quase não havia espaço para ambos, por mais que ela o amasse. Sua vida era de momentos roubados e de tempo emprestado, tendo apenas a esperança e a promessa de um futuro. Ainda não era uma vida em que pudessem incluir um filho.

– Quero que volte para Tsarskoe Selo comigo – disse ele enquanto ela fechava os olhos novamente, mas sabia que conseguiria ouvi-lo. E os olhos de Danina se arregalaram, perturbados, quando ouviu suas palavras. – Você pode ficar no chalé. Ninguém precisa saber por que está doente e o que aconteceu. – Porém, ele mesmo sabia que por muito tempo ela estaria fraca demais para ir a algum lugar e havia o risco de uma infecção, que poderia ser fatal. Ele e o cirurgião ainda estavam muito preocupados com ela.

– Não posso mais fazer isso. Não posso impor minha presença à czarina – disse ela num tom fraco, apesar de que nada poderia lhe dar mais prazer do que voltar a ficar com ele no chalé como antes. Adorava a suavidade da vida ao seu lado, mas não poderia abandonar a escola mais uma vez para recuperar-se. Sabia que madame Markova não a aceitaria de volta, não a perdoaria por abandoná-los, estando doente ou não. Danina havia pago um alto preço por sua última recuperação e precisava do balé. Nikolai não poderia ajudá-la, não estava livre para casar-se com ela, para cuidar dela ou até mesmo sustentá-la. Precisava confiar em si mesma.

– Não poderá voltar a dançar durante um período – disse ele, com cuidado, e decidiu contar-lhe sobre que andava pensando. – Quero que reflita sobre uma coisa. Pensei em mil maneiras de resolver nosso problema enquanto você estava deitada aí. Não podemos continuar assim. Marie nunca cederá. Levará anos até eu poder comprar uma casa para você, e madame Markova nunca a liberará do balé. Quero estar com você, Danina. Quero que tenhamos uma vida juntos, longe de tudo isso e de todas as pessoas que querem nos separar. Quero uma verdadeira vida com você, longe daqui, onde possamos recomeçar. – E, então, acrescentou gentilmente: – Num outro lugar, poderíamos até mesmo ter filhos. – Um olhar de tristeza cruzou a face dela ao ouvir aquelas palavras, e ele apertou sua mão. Ambos sofriam com o que acabara de acontecer.

– Não há nenhum lugar onde possamos fazer isso. Para onde iríamos? Como nos sustentaríamos? Se madame Markova quiser me desacreditar, nenhum balé me receberá. – Ela pensava em Moscou e em outras cidades da Rússia, mas ele não. Seu plano era muito mais ousado.

– Tenho um primo nos Estados Unidos, num lugar chamado Vermont. É no nordeste do país, e ele diz que parece muito com a Rússia. Economizei dinheiro suficiente para pagar nossas passagens. Poderemos morar com ele, a princípio. Encontrarei um emprego e você poderá ensinar balé para crianças em algum lugar. – Ela sabia que Nikolai falava inglês perfeitamente, por causa da esposa, mas ela não falava. Não conseguia imaginar uma vida num mundo tão distante, e a simples ideia era estranha e assustadora.

– Como poderíamos fazer isso, Nikolai? Você poderia ser médico lá? – perguntou, surpresa com a sugestão de segui-lo para o outro lado do mundo.

– No fim das contas, sim – respondeu, cauteloso. – Precisaria voltar para a faculdade nos Estados Unidos. Levaria tempo. Eu poderia fazer outras coisas enquanto isso. "Mas, o quê?", ela se perguntava enquanto o ouvia. Limpar a neve do chão? Limpar estábulos? Escovar o pelo dos cavalos? Para ela, a situação parecia sem esperanças. Certamente não havia um balé em Vermont, onde quer que fosse esse lugar, e dançar era tudo o que sabia. A quem ensinaria? Quem os empregaria? Como chegariam até lá? – Precisa deixar que eu providencie isso para nós. É nossa única esperança, Danina. Não podemos ficar aqui. – Partir, porém, exigia uma série de renúncias: abandonar seus filhos e esposa, o czar e sua família, que foram tão bons com ele, e madame Markova e o balé Maryinsky, que era o único lar que ela conhecera desde criança. Danina tinha dado tudo a eles, sua vida, sua alma, seu espírito, seu corpo; e, em troca, eles lhe deram uma vida que era a única que conhecia. O que faria naquele lugar chamado Vermont? E se ele se cansasse dela e a abandonasse? Era a primeira vez em que pensava nessa hipótese, mas estava receosa e o demonstrou quando seus olhos se encontraram com os dele. E ele conseguiu ver facilmente todos os seus temores.

– Não sei... É tão longe... e se o seu primo não nos quiser lá?

– Ele nos aceitará. É um homem bom. É mais velho do que eu, viúvo e não tem filhos. Há anos que me convida para visitá-lo. Se lhe disser que precisamos de sua ajuda, nos dará apoio. Tem uma casa grande e algum dinheiro. Possui um Banco e mora sozinho. E com certeza nos receberia bem. Danina, é a única esperança que temos de um futuro juntos. Precisamos recomeçar em algum lugar e esquecer tudo o que conhecemos aqui. – Mesmo querendo tanto estar com ele, ela não estava certa de que conseguiria fazer aquilo. – Não deve pensar nisso agora. Fique saudável e forte, depois conversaremos novamente. Enquanto isso, escreverei para ele e verei o que diz.

– Nikolai, ninguém jamais nos perdoará. – O simples pensamento encheu-a de terror e de tristeza.

– E se ficarmos? O que teremos? Momentos furtivos, algumas semanas por ano, quando a czarina a convidar para ir a Livádia ou a Tsarskoe Selo? Quero uma vida com você. Quero acordar ao seu lado todas as manhãs, estar com você quando adoecer... Não quero que algo assim jamais volte a lhe acontecer... Danina, quero nossos filhos. – Ela também queria a vida que ele descrevera, mas ambos teriam que ferir a todos que amavam para serem livres.

– E meu pai e meus irmãos? – Aqui, tinha uma família, uma história, uma vida. Ela não poderia virar as costas para tudo isso porque o amava. Ainda assim, ele queria fazer isso por ela, e tinha tanto a perder quanto ela. Precisaria abandonar os filhos, a esposa e sua carreira.

– Você mesma me disse que nunca vê sua família – lembrou-lhe. Nos últimos dois anos, seus irmãos e seu pai estiveram na frente de batalha. – Eles ficariam felizes por você. – Nikolai fez tudo para convencê-la. – Não poderá dançar para sempre, Danina. – Quando ele falou isso, ela se lembrou de tudo o que madame Markova sempre lhe dissera.

– Poderei ensinar depois, como madame Markova.

– Poderá ensinar em Vermont. Talvez possa ter sua própria escola de dança. Isso a ajudará. – Ele parecia tão seguro, tão forte.

– Precisarei pensar sobre isso – disse ela, exausta com a perspectiva de uma decisão tão importante e tudo o que ela acarretava.

– Descanse. Falaremos sobre isso mais tarde. – Ela concordou, com um gesto de cabeça, e dormiu, mas teve pesadelos com lugares terríveis e desconhecidos. Continuava sonhando em perder Nikolai, em andar pelas ruas procurando por ele sem nunca encontrá-lo, e, quando acordou no hospital, ele havia partido, e ela chorou sozinha. Ele deixara um bilhete avisando que fora ver Alexei e que retornaria para vê-la pela manhã. Enquanto lia, ficou perdida em seus pensamentos.

Danina continuou no hospital durante duas semanas e, quando saiu, o médico mandou que ficasse de cama por mais duas. Nikolai queria que ela ficasse no chalé do czar consigo, em Tsarskoe Selo, mas madame Markova opôs-se violentamente à ideia. Queria Danina na escola e alegou que a viagem para Tsarskoe Selo era muito longa. A diretora do balé estava determinada e sem qualquer intenção de deixar Danina escapar de suas mãos mais uma vez. Não a queria passando outros quatro meses se "recuperando" no chalé com seu amante. Foi intransigente e, em face da ferocidade de suas objeções, Danina retornou ao balé.

Como Nikolai fizera quando ela estava doente e se conheceram, vinha vê-la todos os dias e ficava pelo tempo que podia, algumas horas ao menos, antes de retornar aos seus deveres. Sentava-se em seu quarto-dormitório enquanto ela descansava na cama. E quando caminhavam lentamente pelo pequeno jardim, falava-lhe sobre Vermont e seu primo. Estava convencido de que era a única saída, e queria partir com ela logo que pudessem escapar. Sugeriu o início do verão, que seria a poucos meses.

– Sua temporada terá terminado. Poderá completar o que está fazendo. Devemos escolher uma data e ir em frente. Nunca haverá um momento perfeito para partirmos, precisamos aproveitar a oportunidade enquanto podemos. – Até então, ela estaria com 22 anos, e ele completaria 41 naquele ano, tempo suficiente para ambos começarem uma nova vida nos Estados Unidos, como muitos haviam feito antes, alguns por razões tão complicadas quanto as deles.

Ela prometeu pensar no assunto, e o fez, constantemente. Só conseguia pensar no pavor de mudar-se para Vermont. Madame Markova sentiu que alguma coisa estava acontecendo com ela. Danina ainda estava cansada e pálida, e muitas vezes as visitas de Nikolai a deixavam com um ar muito infeliz. Ele estava pedindo que partilhasse com ele sua vida e sua sorte, que o seguisse até o fim do mundo e confiasse nele completamente. E, apesar de seu amor por ele, era pedir demais.

– Está preocupada, Danina – madame Markova disse, cautelosa, uma tarde, quando foi visitá-la, e sentou-se a seu lado enquanto ela descansava na cama. Nikolai acabara de sair e, como sempre, falaram sobre as mesmas coisas. Seu futuro. Vermont. Seu primo. Abandonar a Rússia. E o balé. – Ele está lhe pedindo para nos abandonar, não é? – perguntou sabiamente, e Danina não respondeu. Não queria mentir ou dizer a verdade. – Sempre acontece assim. Eles se apaixonam por quem você é, e depois querem tirar isso de você – insistiu. – Afirmo-lhe, Danina, se nos deixar, isso a matará. Você não será nada. E quando ele a abandonar, por alguém mais fascinante ou talvez até mais jovem, lamentará durante toda sua vida a parte de seu coração que deixou aqui. Madame Markova fez aquilo soar como uma sentença de morte e, de certo modo, era mesmo, mas também era uma troca por algo que Danina queria desesperadamente. Seria o fim de sua vida como bailarina, mas o início de sua vida com Nikolai, uma vida real com ele, que ela também queria. Todavia, para isso, precisaria sacrificar tudo o que possuía, como ele.

– Se ele verdadeiramente a amasse, Danina, não lhe pediria para nos abandonar – completou ela.

– E quando ficar velha, o que terei sem ele?

– Uma vida que poderá recordar com orgulho. Ninguém poderá lhe tirar isso. Em vez de uma vida de vergonha, que é tudo o que ele poderá lhe dar. Ele é um homem casado, e sua esposa não o abandonará. Você sempre será sua amante, a bailarinazinha com quem ele dorme, nada mais.

Contudo, havia muito mais entre eles, mesmo agora, e Danina sabia disso.

– A senhora faz isso soar tão vulgar – disse Danina com tristeza.

– É precisamente o que essas coisas são. Extremamente românticas no início. Um sonho que acredita que virá a ter. E, quando acorda um dia, descobre que era um pesadelo. *Esta* é a única vida que você terá que significará algo para você, essa é a vida para a qual trabalhou tanto e se preparou. Poderá jogar tudo isso fora por um homem que não tem condições de casar-se com você? Veja o que acabou de lhe acontecer. Foi bonito? Foi romântico? – Era algo cruel de dizer, e ao ouvi-la Danina ficou desencorajada. E se ela estiver certa? E se Nikolai a abandonar um dia, se a vida inteira ela se arrepender de abandonar o balé, se odiar Vermont, se eles não forem felizes juntos? Quem poderia saber as respostas para essas perguntas? Nos seus planos, não havia certezas, somente promessas, esperanças, sonhos e desejos. Dela tanto quanto dele. Ainda assim, ele abandonaria a medicina por ela, a segurança que

137

possuía, a vida que conhecera por mais de 15 anos com sua família. Sacrificaria tudo por ela. Por que ela não poderia fazer o mesmo por ele?

– Deve pensar nisso com muito cuidado – lembrou-lhe madame Markova– e chegar à decisão certa. – É claro que, para ela, a decisão certa era ficar no balé e esquecer Nikolai, mas Danina também sabia que ela não poderia fazer isso. Abandonar o balé poderia destruir sua vida, mas perdê-lo a mataria. Pensando nisso, procurou, sob a blusa que usava, seu medalhão, e ficou consolada por senti-lo ali. Ela o amava profundamente. Talvez até mesmo o suficiente para arriscar tudo e segui-lo. A única coisa que poderia fazer era pensar sobre isso e ouvir o que seu coração dizia.

Madame Markova deixou-a sozinha com seus pensamentos. Plantara as sementes que queria e esperava que crescessem e tomassem corpo. Desejava que Danina sentisse a perda e o medo de sair do balé e, talvez, para uma vida inteira de arrependimento e sofrimento. Certamente era algo a ser considerado. Era a única vida que madame Markova conhecera, a única que jamais desejara, o único legado que desejava dar a Danina, o elo sagrado, o santo graal, o cetro passado de mão em mão, de professora para aluno, incessantemente. O voto quase sagrado que faziam quando vinham, o amor profundo demais para acabar, os sacrifícios intermináveis. Ficar ali significava desistir de toda a esperança de ter um futuro com ele. De certo modo, significava desistir da esperança. Por outro lado, deixar a Rússia com ele significava abandonar, para sempre, tudo o que ela era. Era uma decisão angustiante que, qualquer que fosse o caminho escolhido, exigiria sacrifícios inimagináveis. Tudo o que Danina poderia fazer era rezar para fazer a escolha certa.

8

Depois de um mês sem dançar, Danina começou a ter aulas novamente, no primeiro dia de abril. Ainda havia muita neve, e precisou trabalhar bastante para recuperar o que havia perdido, mas dessa vez o retorno à plena forma foi mais suave. Agora estava mais forte e com mais saúde.

Iniciou os ensaios em uma semana e voltou a apresentar-se no início de maio. Havia se passado um ano desde que deixara Nikolai após a longa e idílica estada na casa de hóspedes do czar, durante sua convalescença da gripe. E, em um ano, pouco havia mudado entre eles. Ainda estavam profundamente apaixonados um pelo outro, ele ainda estava casado e morando com sua esposa e filhos, e ela vivia no balé. Porém, não estavam mais próximos de uma solução do que um ano antes. Na verdade, Marie Obrajensky estava mais decidida que nunca a não abandonar o marido. E nesse tempo, os dois amantes conseguiram economizar pouco dinheiro para um futuro. A única coisa que sabiam ao certo era que ainda desejavam uma vida juntos. Como alcançá-la era um obstáculo que lutavam constantemente para superar. E Danina não conseguia aceitar a ideia de ir com ele para Vermont. Sentia que era uma mudança muito grande, era muito longe, muito desconhecido, muito estranho para ela. E Nikolai continuava tentando convencê-la, com a maior suavidade possível.

Uma das grã-duquesas caiu doente em junho, o que manteve os médicos imperiais ocupados. Nikolai tinha pouco tempo para visitar Danina. Não podia afastar-se, mesmo querendo, e ela entendia. No início de julho, ela viveu outra tragédia quando seu irmão mais velho fora morto no Czernoivitz. Já perdera dois e sabia, pela carta de seu irmão, que seu pai estava muito deprimido com a dor da perda do filho. Estava com ele quando foram bombardeados e milagrosamente havia escapado, mas seu primogênito fora morto instantaneamente. Receber a notícia foi difícil para Danina, e, nas semanas que se seguiram, sentiu-se sem força e sem vida. A guerra exigia um tributo de todos, até mesmo no balé. Os dançarinos haviam perdido irmãos, amigos, pais, e uma das professoras perdera os dois filhos em abril. Mesmo no seu mundo enclausurado, não era mais possível ignorar a guerra.

Naquele ano, a única coisa boa a esperar eram outras férias com Nikolai e a família imperial em Livádia. Madame Markova não tentou se opor. Chega a uma espécie de trégua com Nikolai após a última doença de Danina. Sabia que ele teria ficado feliz em roubar-lhe a pupila, mas a jovem primeira-bailarina não mostrava sinais de querer ir a lugar nenhum ou desistir do balé por ele. E madame Markova sentia-se segura, acreditando que Danina nunca seria capaz de se convencer a ir embora. O balé era a vida dela, assim como sempre fora para madame Markova.

O czar não foi a Livádia naquele ano; estava com suas tropas em Mogilev e sentiu-se obrigado a permanecer com elas. Portanto, ficaram lá apenas as mulheres, as crianças, os médicos e Danina. A czarina e suas filhas se permitiram fazer um breve intervalo no cuidado dos soldados e gostaram muito de estar em Livádia novamente. A essa altura, todos já eram grandes amigos, e ela e Nikolai estavam mais felizes que nunca. Parecia um período perfeito para ambos, um momento mágico suspenso no tempo, protegido de um mundo perigoso aparentemente distante deles. Na segurança de Livádia, estavam protegidos da realidade que engolia tudo o mais.

Faziam piqueniques todas as tardes, saíam para longas caminhadas, remavam, nadavam, e Danina se sentiu como uma criança, enquanto brincava com Alexei dos jogos que lhes eram tão familiares. A saúde dele estivera frágil naquele ano e ele não estava bem, mas cercado de sua família e das pessoas a quem amava parecia feliz.

Nikolai tentava falar sobre Vermont, mas Danina desconversava. Recebera papéis importantes em todos os balés que trabalharam naquele ano. Madame Markova sabia exatamente como mantê-la em São Petersburgo. E Danina e Nikolai finalmente concordaram em não falar sobre Vermont até o Natal, ao menos até o fim da primeira parte da temporada do balé. Foi um acordo sofrido para Nikolai, mas o fez por ela.

No final das contas, foi uma sorte ele não ter ido embora, pois seu filho mais moço teve tifo em setembro e quase morreu. Foi preciso utilizar todo o conhecimento de Nikolai e do Dr. Botkin para salvá-lo. Danina ficou apavorada pelo menino e sofreu com o pavor de Nikolai como pai, por saber o quanto amava seus filhos. Teria sido desastroso, disse a si mesma, se eles estivessem em Vermont e o menino houvesse adoecido ou se o pior acontecesse. Nikolai nunca teria se perdoado, ou a ela, pela tragédia, e sempre se culparia. Isso deu mais certeza de que seria um erro fugirem para os Estados Unidos. Havia ali muitas pessoas a quem amavam e muitas obrigações que não poderiam ser ignoradas ou abandonadas.

Apesar da doença no ano anterior, sua dança aperfeiçoarase ainda mais. Sempre que dançava, as pessoas falavam dela por dias, e seu nome era conhecido por toda a Rússia. Era, realmente, a maior primeira-bailarina de sua época. Nikolai estava muito orgulhoso dela e mais apaixonado que nunca. Assistia às suas apresentações sempre que podia, e em novembro encontrou seu pai e um de seus irmãos. Ela tinha apenas dois irmãos agora; o outro havia sido ferido recentemente, mas estava em Moscou e se recuperava bem.

Seu pai e seu irmão não tinham ideia de quem Nikolai era ou do quanto ela o amava, mas os três homens pareceram gostar de se conhecerem. Nikolai lhes desejou boa sorte quando partiram e parabenizou o coronel por sua filha tão talentosa e notável, e o velho coronel sorriu, radiante de orgulho por ela. Era fácil ver o quanto a amava, e ele sempre soube que levá-la para o balé quando criança fora a solução perfeita para ela. Acreditava plenamente que ficaria ali para sempre, e nunca pensou na possibilidade de ela considerar abandoná-lo um dia.

Quando finalmente chegou o Natal, Danina mal podia esperar para ir para Tsarskoe Selo, para ficar com Nikolai no pequeno chalé que começava a parecer deles. Teria sido tão simples morar ali, se fosse uma solução viável para ambos, mas não era. Só podiam estar juntos em momentos furtivos, por alguns dias ou semanas ocasionalmente.

Ela compareceu ao baile de Natal do czar com Nikolai. A família imperial não promovia os grandes bailes de antes da guerra, mas ainda assim conseguiu convidar mais de cem amigos.

Danina brilhou como uma estrela num traje que foi presente da czarina. Era de veludo vermelho, enfeitado com arminho branco, e ela parecia tão imperial vestida nele quanto a czarina em seu traje de imperatriz. Os convidados, em todo o salão, comentavam o quanto era bela, elegante, talentosa e graciosa, e Nikolai brilhava como um belo príncipe a seu lado, segurando sua mão.

– Diverti-me essa noite, e você? – Ela sorriu quando voltavam para o chalé, no trenó de Nikolai, após a festa. Eram esperados para almoçar no palácio outra vez no dia seguinte. Era uma vida que adorava compartilhar com ele e sentia-se quase casada, ficando ao seu lado na festa. Estavam juntos havia dois anos.

A única coisa que atrapalhou a noite foram os pequenos grupos, aqui e ali, falando em tom baixo sobre os rumores que ecoavam sobre a revolução. Parecia absurdo, mas a inquietação do povo explodia com regularidade nas cidades, e o czar ainda se recusava a controlá-la. Dizia que as pessoas tinham o direito de expressar suas opiniões e era bom que liberassem a energia. Mas aconteceram várias revoltas em Moscou recentemente, e o exército ficava cada vez mais apreensivo. Seu pai e seu irmão haviam mencionado isso na última vez em que se encontraram.

Danina e Nikolai conversavam sobre o assunto enquanto caminhavam em direção ao chalé quando ele admitiu a ela que estava preocupado com a situação no mundo deles.

– Acho que é um problema muito maior do que muitos de nós percebemos – disse, com uma expressão preocupada. – E acho que o czar está sendo ingênuo recusando-se a detê-los.

Talvez não pudesse. Ele tinha tantas outras coisas para se preocupar, com relação à guerra e às perdas tremendas por que tinham passado na Polônia e na Galícia, que os tumultos em Moscou pareciam insignificantes comparados ao conflito e ao que ele já lhes custara de homens.

– A ideia de uma revolução parece extrema – disse Danina calmamente. – Não consigo sequer imaginar algo assim. O que isso significaria?

– Quem sabe? Talvez não muito. Provavelmente, nada. São alguns descontentes fazendo barulho. Talvez queimem algumas casas, roubem alguns cavalos e joias, espanquem alguns ricos e depois tudo voltará a ser como era. Talvez nada mais sério que isso. A Rússia é grande e poderosa demais para mudar. Porém, pode tornar a vida desagradável por um período, e perigosa para o czar e sua família. Felizmente estão bem protegidos.

– Se alguma coisa acontecer – ela o advertiu, enquanto ele a ajudava a tirar seu vestido no quarto –, quero que tome cuidado. – Ela percebeu muito bem que ele poderia correr perigo estando ali.

– Há uma solução simples para o problema – respondeu ele, trazendo à baila novamente o assunto de Vermont. Prometera não falar sobre isso até o Natal, mas chegara a hora. Ele havia pensado naquilo ainda mais desde a última conversa, em setembro. Era um tema recorrente em Nikolai, e ele ainda pretendia convencê-la de que era um bom plano.

– Que solução? – perguntou ela, inocentemente, enquanto retirava os brincos. Ele acabara de presenteá-la com eles, e ela adorara. Eram pérolas com minúsculos rubis pendurados e ficaram perfeitos nela.

– Vermont – lembrou-lhe ele. – Não há revolução nos Estados Unidos. Eles não têm uma guerra à sua porta. Poderíamos ser felizes, Danina, e você sabe disso. – Ela já não tinha mais desculpas para não discutir o assunto, e queria estar com ele, mas nunca parecia chegar o momento em que se sentiria pronta para abandonar o balé e tomar uma atitude tão drástica quanto aquela. Estavam confortáveis com a vida que compartilhavam, e talvez, um dia, sua esposa concordasse com o divórcio.

– Talvez um dia – disse ela, pensativa. Queria ser corajosa o suficiente para ir com ele, mas, ao mesmo tempo, não conseguia imaginar-se abandonando o mundo que lhes era familiar. Uma quantidade igual de elementos puxava em ambas as direções. Madame Markova e o balé, e Nikolai, com tudo o que lhe prometia. Uma vida compartilhada com ele numa nova terra, e o balé, que era sua obrigação, seu dever, sua vida.

– Você disse que conversaríamos novamente sobre isso no Natal – disse ele tristemente. Começava a temer que ela nunca deixasse o balé e eles nunca tivessem mais do que tinham ali, a não ser que sua esposa morresse ou mudasse de ideia ou que ele herdasse muito dinheiro, sendo que nenhuma das hipóteses era provável. Ali, ela só poderia ser sua amante, e eles só poderiam viver juntos algumas semanas por ano, a menos que ela abandonasse o balé. No entanto, mesmo assim, ele não poderia dar-lhe uma casa, ambos sabiam disso. Vermont era a única esperança viável de estarem juntos e começar uma nova vida. Os sacrifícios exigidos de cada um deles, porém, ainda a faziam recuar de qualquer decisão.

– Recomeço os ensaios após a Epifania... – disse ela num tom vago.

– E então dançará o tempo todo, e novamente será verão... e depois o outono, e dançará *O lago dos cisnes* outra vez... e depois outro Natal. Vamos envelhecer assim – disse, olhando para ela com olhos amorosos, cheios de tristeza e desejo. – Nunca ficaremos juntos se continuarmos aqui.

– Não posso simplesmente me afastar, Nikolai – disse ela gentilmente, tão enamorada quanto ele, talvez ainda mais, mas entendendo muito bem o que ele pedia e o que lhe custaria. – Devo isso a eles.

– Deve mais a si mesma, meu amor. E a mim. Eles não estarão aqui para cuidar de você quando envelhecer e não puder mais dançar. Ninguém cuidará de você. Madame Markova já se terá ido. Precisaremos estar juntos, para termos um ao outro.

– Estarei – prometeu-lhe ela com convicção. Com isso, ele a aninhou em seus braços, vestida em sua elegante roupa de baixo, de seda enfeitada com rendas e fitas, e carregou-a para a cama onde haviam se amado pela primeira vez, ainda sentindo um prazer infindável em fazer isso. Tinham uma vida maravilhosa no breve período que compartilhavam, diferente de tudo o que ele jamais conhecera e que ela jamais sonhara.

– Talvez você se canse de mim um dia – disse ela sonolenta, enroscada em seus braços após fazerem amor –, se ficarmos juntos o tempo todo.

– Não se preocupe com isso. – Ele sorriu, movendo-se para conseguir beijar seus ombros. Seu corpo estava ainda mais belo. – Nunca me cansarei de você, Danina. Venha comigo – sussurrou novamente, e ela assentiu e caiu no sono.

– Um dia irei – murmurou.

– Não espere demais, meu amor – avisou ele, apreensivo com um mundo que começava a parecer ameaçador. Queria deixar a Rússia com ela antes que algo acontecesse a todos. Parecia difícil imaginar, mas não era impossível. Ele ouvira comentários de pessoas do alto escalão do governo, apesar de o czar não admitir nenhum risco iminente. As opiniões divergiam muito, e ele não queria amedrontar Danina. Mas queria levá-la dali. Antes que fosse tarde demais, antes que o desastre acontecesse, mas receava contar-lhe demais. Seus temores pareciam tão bobos, e tudo o que Danina conhecia era o balé. Não conhecia nada do mundo, que se tornava mais assustador a cada dia que passava.

Almoçaram com a família imperial no dia seguinte, como planejado, e ela ensinou a Alexei um truque de mágica que aprendera com uma jovem dançarina vinda de Paris. Ele ficou encantado. Foi uma longa tarde feliz, um alegre interlúdio em suas vidas. Ela ficou por mais duas semanas e só retornou na véspera dos ensaios. Manteve os exercícios diários, mas antes da temporada havia sempre os longos dias de ensaio para os quais precisava retornar.

– Preciso voltar para me exercitar e me aquecer – explicou, enquanto arrumava as malas no último dia com ele. Detestava deixá-lo e esticava sua estada no chalé ao limite máximo. Porém, havia dançado tão bem, antes do recesso, que achou que poderia perder alguns dias de prática e de ensaio para a segunda parte da temporada. – Detesto deixá-lo – admitiu. Passaram o restante da tarde na cama, fazendo amor e promessas, e partilhando segredos. Ela nunca fora tão feliz com ele, e eles nunca se amaram tanto quanto naquele tempo. Foi um momento mágico para ambos.

Quando partiu no dia seguinte, ele prometeu estar presente na sua próxima apresentação.

– Primeiro precisaremos ensaiar – lembrou-lhe ela quando o beijou em despedida, na estação do trem.

– Irei vê-la em alguns dias.

– Estarei esperando – prometeu ela. Foi um dos períodos mais felizes que haviam passado, e perguntaria a madame Markova se poderia ter uma outra semana de férias com ele na primavera. Estava certa de que ela ficaria furiosa com isso, mas, se Danina dançasse muito bem nos próximos três meses, talvez concordasse. Até agora, estava contente por Danina não haver feito nada drástico ou estúpido, e acreditava que isso jamais aconteceria.

O momento para aquilo parecia ter passado havia muito, e madame Markova estava igualmente certa de que finalmente eles se cansariam um do outro. Deixar Danina vê-lo de vez em quando parecia satisfazê-los, e, com o tempo, desistiriam de um caso que não chegaria a lugar algum. Madame Markova sabia que, no coração de Danina, o balé venceria, no final. Estava certa disso.

Danina começou a exercitar-se naquela tarde, logo que chegou, e novamente às 4 horas da manhã seguinte, antes do ensaio, às 7 horas. A essa altura, já estava bem aquecida e em boa forma, e conhecia bem o papel que ensaiaria, tanto que parecia não prestar muita atenção. Realmente, permitiu-se brincar um pouco com algumas das outras bailarinas e fizeram algumas palhaçadas escondidas da professora, e passos engraçados e novos. Ela fez um pulo que os deixou em êxtase e um belo *pas-de-deux,* com um de seus novos parceiros. Já era fim de tarde quando pararam para comer alguma coisa. Haviam dançado durante quase dez horas seguidas, o que era comum para eles, e Danina estava cansada mas não em exagero. Deu um último pulo quando saía e alguém suspirou quando ela escorregou e deslizou pelo chão, com um pé torcido num ângulo perigoso.

Houve um longo silêncio na sala enquanto todos esperavam vê-la levantar-se, mas ela estava muito branca e imóvel, deitada ali, segurando seu tornozelo em silêncio. Todos correram para ela, e a professora atravessou rapidamente a sala para ver o que havia acontecido. Esperava encontrar um terrível deslocamento ou uma bailarina que sentiria muita dor na manhã seguinte durante o ensaio.

O que viu, na verdade, foi o pé de Danina virado ao contrário em relação à perna, e ela nitidamente em estado de choque e quase inconsciente.

– Levem-na para a cama imediatamente – disse a mulher prontamente. Os dentes de Danina estavam cerrados, sua face muito pálida, e ninguém tinha dúvida do que havia acontecido. Não era uma simples luxação, ela quebrara o tornozelo. Um mau agouro, se verdadeiro, para uma primeira-bailarina ou para qualquer dançarina. Não havia nenhum som, nenhuma palavra, somente o suspiro ocasional de Danina enquanto a carregavam, e logo estava deitada na cama, vestida em sua malha de dança, um suéter e as perneiras que usava. Sem uma única palavra, a professora cortou a malha utilizando, uma faca afiada que trazia para fins semelhantes. O tornozelo já estava inchado como um balão e o pé ainda no mesmo ângulo medonho quando Danina olhou para aquilo num silencioso pavor, uma realidade terrível demais para aceitar.

– Chamem um médico imediatamente – disse uma voz vinda da porta. Era madame Markova. Havia um médico que chamavam para esses fins. Ele era excelente com pés, pernas e ossos, e as havia ajudado antes, alcançando bons resultados. Porém, o que madame Markova viu quando entrou na sala quase partiu seu coração. Num único instante, com um pulo ligeiro, tudo havia terminado para Danina.

O médico chegou em uma hora e confirmou o pior. O tornozelo tinha uma séria fratura e ela precisaria ser levada ao hospital. Precisariam operá-la. Não havia discussão, nada que se pudesse dizer. Todos choraram, mas ninguém mais do que Danina. Ela vira aquilo acontecer com muita frequência. Sabia exatamente o que havia ocorrido. Após 15 anos nesses corredores sagrados, para ela, aos 22 anos, tudo estava terminado.

Eles a operaram naquela noite e a perna inteira foi engessada. Para qualquer outra pessoa, teria sido considerado um sucesso. A perna estaria reta novamente, e se ela ficasse mancando, seria muito pouco. Em seu caso, não era o suficiente. O tornozelo se partira em pedaços e, mesmo que conseguisse andar normalmente, nunca seria capaz de dançar como antes. Ele não sustentaria seu peso de maneira satisfatória para fazer o que precisava. Simplesmente não havia como repará-lo para dar-lhe a flexibilidade ou a força de que necessitaria. E não havia palavras para consolá-la. Sua carreira chegara ao fim com aquele pequeno pulo bobo. Não apenas seu tornozelo, mas sua vida se despedaçara num único instante.

Ela ficou deitada na cama e chorou a noite toda, quase tanto quanto na ocasião em que perdera o bebê de Nikolai. A vida que perdera, dessa vez era a sua. Era a morte de um sonho, um fim trágico em contraponto a um brilhante começo. E madame Markova sentou-se a seu lado, segurando as próprias lágrimas. Danina fizera os sacrifícios, o voto, o compromisso, mas o destino não fora generoso com ela. Sua vida como bailarina, aquela que vivera e respirara e pela qual estivera disposta a morrer, durante 15 anos, terminara.

Ela foi levada para a escola no dia seguinte, para ficar deitada no quarto que partilhava com as outras, e elas vieram visitá-la, sozinhas ou em pares, com flores, com palavras, com bondade, com tristeza, quase como se para pranteá-la. Sentia-se como se houvesse morrido, e de, certa forma, havia mesmo. A vida que conhecera, e da qual fora parte integrante, morrera para ela.

Já se sentia como se não pertencesse mais àquele lugar. E era somente uma questão de tempo até precisar juntar suas coisas e partir. Era jovem demais para ensinar e sabia que não conseguiria. Não era o que queria. Para ela, havia chegado o fim. O fim de um sonho.

Ela demorou dois dias para escrever a Nikolai, e, quando sua carta o alcançou, ele veio imediatamente, incapaz de acreditar no que lhe acontecera, apesar de todos lhe explicarem em detalhes assim que chegou. Todos os outros dançarinos o conheciam e o admiravam. E contaram-lhe repetidamente como ela havia caído e como ficou ali, jogada no chão.

Ao vê-la deitada, com aquele gesso enorme, e seu olhar de sofrimento, pôde perceber o que sentia. Porém, para Nikolai, por mais horrível que fosse, parecia quase um raio de esperança. Era sua única chance de uma vida nova. Sem isso, ela nunca teria abandonado o balé. Contudo, ele sabia que não poderia dizer isso a ela. Ela estava sofrendo muito por sua carreira.

Quando ele insistiu em levá-la consigo, madame Markova não fez objeções. Sabia que seria melhor para ela não estar no balé, ao menos por um período, ouvindo os familiares sinos, sons e vozes, assistindo às aulas ou aos ensaios. Danina não pertencia mais àquele lugar. Poderia retornar eventualmente, de alguma forma, mas, era uma questão de compaixão tirá-la dali. Para seu próprio bem, o passado precisava ser enterrado o mais cedo possível. Dois terços de sua vida, e a única parte que realmente lhe importara até conhecer Nikolai, terminaram. Sua vida como bailarina chegara ao fim.

9

Danina ficou imensamente aliviada por voltar ao chalé para se recuperar, e a czarina alegrou-se em vê-la. Sua recuperação foi lenta e dolorosa. Quando, depois de mais um mês, finalmente tiraram-lhe o gesso, o tornozelo parecia fraco e atrofiado. Ela quase não conseguia se sustentar na perna esquerda, e chegou a chorar na primeira vez que atravessou o quarto até Nikolai. Mancava muito e seu corpo todo parecia torto. O pássaro gracioso que fora um dia parecia completamente quebrado.

– Ficará melhor, Danina, eu prometo – Nikolai tentava assegurar-lhe. – Deve acreditar em mim. Precisará trabalhar muito para isso. – Ele mediu as duas pernas e soube que estavam do mesmo tamanho. Estava mancando devido à fraqueza. Nunca voltaria a dançar, mas andaria normalmente. E ninguém era mais solícito do que a czarina e seus filhos.

Passaram-se várias semanas até Danina conseguir atravessar o quarto sem uma bengala, e ainda estava mancando quando recebeu uma carta, no final de fevereiro, informando que madame Markova estava doente. Tinha uma pneumonia leve, mas não era a primeira vez, e Danina sabia muito bem que poderia ser perigoso. Apesar de ainda não estar perfeita, insistiu que precisava estar com ela. Ainda usava a bengala para distâncias maiores e não poderia andar muito, mas sentia que deveria voltar para o balé até que madame Markova recuperasse sua saúde. A velha senhora era mais frágil do que parecia, e Danina temia por sua vida.

– É o mínimo que posso fazer – insistiu ela com Nikolai que, apesar de compadecido, objetou. Ocorriam revoltas em São Petersburgo e em Moscou, e ele estava apreensivo com seu retorno sozinha. Alexei, por sua vez, não andava bem, portanto ele não poderia acompanhá-la até São Petersburgo.

– Não seja tolo, ficarei bem – teimou ela, e, após um dia inteiro discutindo sobre o assunto, ele finalmente concordou em deixá-la ir sozinha. – Estarei de volta em uma ou duas semanas – prometeu-lhe –, logo que perceber que ela está melhor. – Ele conhecia muito bem a força do relacionamento entre as duas e sabia que Danina se torturaria se não visse madame Markova.

Nikolai levou-a para pegar o trem no dia seguinte, avisou-a para ter cuidado e não se esforçar demais, entregou-lhe sua bengala com um beijo e envolveu-a em seus braços. Detestava vê-la partir, mas compreendia, e fez com que ela prometesse pegar um táxi na estação e ir diretamente para a escola de balé. Lamentava não poder fazer-lhe companhia. Depois de todo o período recente que passaram juntos, isso lhe parecia estranho. Porém Danina garantiu-lhe que ficaria bem sozinha.

Surpreendeu-a, contudo, chegar a São Petersburgo e deparar-se com as pessoas andando confusas pelas ruas, gritando e protestando contra o czar, e soldados por todos os lados. Não ouvira nada sobre isso em Tsarskoe Selo, e ficou estupefata por encontrar a atmosfera na cidade bastante tensa. Contudo, tirou aquilo da mente no caminho para a academia. Seus pensamentos estavam em madame Markova, e esperava que a doença de sua mentora e velha amiga não fosse muito grave. Ficou assombrada ao descobrir que ela realmente estava muito doente, como havia acontecido uma vez, e muito fraca.

Danina ficou ao seu lado todos os dias, deu-lhe sopa e implorou que comesse. Em uma semana, aliviou-se ao perceber uma leve melhora, mas madame Markova parecia ter envelhecido anos em poucas semanas, e sua aparência era absurdamente frágil quando Danina olhava para ela amorosamente e segurava sua mão.

Cuidando dela, os dias pareciam voar, e, de noite, Danina caía na cama completamente exausta. Movimentou-se tanto por ali que seu tornozelo voltou a inchar e doer. Dormia num colchão no escritório de madame Markova, pois sua antiga cama fora destinada a outra dançarina. Estava dormindo profundamente na manhã de 11 de março, quando multidões se reuniram em um local não muito longe da escola. Os gritos e os primeiros tiros acordaram-na. Levantou-se rapidamente e desceu as escadas para ver o que se passava. As dançarinas haviam deixado as salas de aula, onde se aqueciam, e foram para o longo corredor, sendo que algumas, mais corajosas, espiavam pelas janelas mas não conseguiam ver nada exceto alguns soldados passando a galope nos cavalos. Ninguém teve ideia do que estava acontecendo até mais tarde, quando souberam que o czar finalmente ordenara que o exército subjugasse a revolução, e mais de duzentas pessoas foram mortas na cidade. Os tribunais, o arsenal, o Ministério do Interior e inúmeras delegacias foram queimados, e as prisões foram arrombadas pelo povo.

No final da tarde, os tiros haviam cessado e, apesar das notícias alarmantes, aquela noite pareceu relativamente calma. Na manhã seguinte, todavia, ouviram dizer que os soldados se recusavam a seguir as ordens de atirar contra as multidões. Na realidade, bateram em retirada e voltaram aos seus quartéis. A Revolução havia começado com determinação.

Mais tarde, alguns dos dançarinos homens se aventuraram a sair, mas voltaram logo e bloquearam as portas da escola. Estavam a salvo ali, mas as notícias fora de seu pequeno mundo eram cada dia mais aterrorizantes. No dia 15 de março, souberam que o czar havia abdicado, em seu nome e do czaréviche, em favor de seu irmão, o grão-duque Michael, e que estava a caminho de Tsarskoe Selo, de trem, vindo da frente de batalha para ser preso. Era impossível compreender, muito menos absorver, tudo o que acontecia naquele momento. Como os outros, Danina não conseguia entender o que ouvia. As informações eram conflitantes e confusas.

153

Uma semana se passou até que, em 22 de março, Danina finalmente recebeu de Nikolai uma mensagem ansiosa, escrita às pressas, trazida em mãos por um dos guardas que recebera permissão de sair de Tsarskoe Selo. "Estamos sob prisão domiciliar", dizia simplesmente. "Consigo ir e vir, mas não posso abandoná-los. Todas as grã-duquesas estão com sarampo e a czarina está extremamente preocupada com elas e com Alexei. Fique onde está, fique salva, minha querida, irei vê-la quando puder. Rezo para que possamos estar novamente juntos em breve. Saiba sempre que a amo, mais do que à própria vida. Não se arrisque a sair nesse perigo. Acima de tudo, fique em segurança até eu chegar. Com todo o meu amor, N."

Danina leu a carta muitas vezes e segurou-a em suas mãos trêmulas. Era impossível acreditar. O czar abdicara e eles estavam sob prisão domiciliar. E ela lamentava desesperadamente tê-los deixado. Se estivessem em perigo, teria preferido estar com ele. Morrer com ele, se fosse necessário.

Era fim de março quando Nikolai finalmente veio vê-la, com uma aparência exausta e descuidada. Viera a cavalo desde Tsarskoe Selo, mas era a única maneira de viajar. Os soldados que guardavam a família imperial permitiram-lhe sair e prometeram que poderia retornar. Todavia sua aparência era de desespero quando se sentou com ela no corredor que dava no escritório de madame Markova e afirmou-lhe com poucas palavras que, tão logo pudessem, precisariam sair da Rússia.

– Tempos terríveis se aproximam. Não temos ideia do que acontecerá aqui. Convenci Marie a ir para seu país, levando os meninos. Partirão na semana que vem. Ela ainda é inglesa e lhes permitirão que passe com segurança, mas poderão não ser tão gentis conosco, se ficarmos aqui. Quero aguardar até as grã-duquesas se recuperarem do sarampo e ter certeza de que a família imperial está segura. Depois, providenciaremos nossa ida para os Estados Unidos, para a casa de meu primo Viktor.

– Não posso acreditar nisso. – Danina horrorizou-se com o que escutara. Parecia que, numa questão de semanas, todo o seu mundo chegara ao fim. – Como eles estão? Estão muito amedrontados? – Sentia-se muito assustada. Eles tinham passado por tanta coisa naquele último mês.

– Não, são incrivelmente corajosos – disse Nikolai, com um tom de preocupação. E quando o czar retornou, todos se acalmaram. Os guardas são bastante razoáveis, mas a família imperial está proibida de sair do palácio.

– O que farão com eles? – Seus olhos estavam cheios de medo por seus amigos.

– Certamente nada, mas foi um grande choque e um triste fim. Há rumores de sua ida para a Inglaterra, para ficarem com os primos, mas antes haverá muita negociação. É possível que sigam para Livádia enquanto aguardam. Se for assim, os acompanharei, e depois voltarei para você. Conseguirei uma permissão para viajarmos para os Estados Unidos. Precisará preparar-se, Danina. – Dessa vez, não havia discussão ou questionamentos quanto à decisão. Danina tinha absoluta certeza de que iria com ele. Antes de ir embora, naquela noite, obrigou-a a aceitar um rolo de notas que colocou em sua mão. Disse-lhe para pagar as passagens e organizar tudo para poucas semanas adiante. Estava certo de que, até então, a família imperial estaria confortavelmente instalada numa residência e que poderia deixá-los para viajar com ela.

Mas, quando ela o viu partir naquela noite, teve uma sensação de terror. E se alguma coisa acontecesse a ele? Quando montou seu cavalo, virou-se e sorriu para ela, disse-lhe que não se preocupasse e assegurou-lhe que, ficando com a família imperial, estaria ainda mais seguro que ela. Saiu novamente a galope, e ela, agarrando o dinheiro que recebera, correu para a segurança da escola.

Foi um mês longo, com muita ansiedade, esperando receber notícias dele e procurando extrair o que podia dos rumores que ouvia nas ruas, entre cidadãos e soldados. O destino do czar ainda parecia incerto e havia um boato de que ficariam em Tsarskoe Selo e posteriormente iriam para Livádia ou para a Inglaterra, para ficarem com seus primos reais. Havia rumores constantes, e as duas cartas que recebeu de Nikolai não diziam nada além do que sabia. Até mesmo em Tsarskoe Selo, nada era definido ou certo. Ninguém sabia onde ou como tudo acabaria.

Danina foi cuidadosa com seu dinheiro enquanto esperava notícias de Nikolai, e, com um terrível sentimento de culpa, vendeu o pequeno sapo que Alexei lhe dera, pois sabia que, uma vez em Vermont, precisariam do dinheiro.

Conseguiu contatar seu pai através de seu regimento e, numa breve carta, informou-o sobre o que pretendia fazer. Sua resposta, contudo, trouxe mais notícias amargas. O terceiro de seus quatro irmãos havia sido morto. Ele a persuadia a fazer o que Nikolai sugerira. Lembrou-se de tê-lo conhecido, apesar de não saber que era casado, e pediu que fosse para Vermont. Ele entraria em contato com ela. Danina e Nikolai retornariam para a Rússia novamente quando a guerra terminasse. Enquanto isso, pediu-lhe que orasse pela Rússia, despediu-se e confirmou seu amor por ela.

Danina ficou em estado de choque quando leu a carta, incapaz de acreditar que mais um de seus irmãos se fora. De repente, começou a sentir que nunca reveria nenhum deles. Cada dia era uma nova agonia, preocupada com sua família e com Nikolai. Comprou as passagens para um navio que partiria no fim de maio, mas no primeiro dia do mês recebeu novas notícias de Nikolai. Sua carta era mais uma vez dolorosamente breve, e ele apressou-se em enviá-la o mais rápido que pôde.

"Tudo vai bem por aqui", escreveu num tom tranquilizador, e ela rezou para que estivesse dizendo a verdade.

"Continuamos aguardando as novidades. Todos os dias nos informam algo diferente, e ainda não temos uma palavra definitiva da Inglaterra. É bastante estranho para eles. Todos estão bem. Parece que partirão para Livádia em junho. Até lá, precisarei ficar. Não posso abandoná-los e sei que compreende. Marie e os meninos partiram na semana passada. Prometo que me unirei a você em São Petersburgo até o fim de junho. Até então, minha querida, fique segura em seu amor e pense somente em Vermont e em nosso futuro. Irei visitá-la por algumas horas se puder."

Sua mão tremia enquanto lia a carta e, ao pensar nele, lágrimas escorriam por seu rosto. Por ele, pela família imperial, por seus irmãos que haviam partido, por todos os homens que foram mortos e por todos os seus sonhos perdidos. Tanta coisa havia acontecido, um mundo inteiro ao seu redor terminara. Era impossível pensar em alguma coisa além disso.

No dia seguinte, trocou seus bilhetes para um navio que partiria para Nova York no fim de junho. Explicou a madame Markova o que estava fazendo. A essa altura, sua mestra já recuperara as forças e, como todos, estava muito preocupada com o futuro. Não fazia objeção aos planos de Danina sobre partir com Nikolai. Não podia mais dançar, e o perigo em São Petersburgo e em toda a Rússia era considerável. Madame Markova ficou aliviada, e finalmente admitiu que acreditava que Nikolai seria bom para ela, quer eles se casassem ou não, apesar de esperar que algum dia isso acontecesse.

Contudo, mesmo no conforto de saber que partiria com ele para um lugar seguro em um mês, Danina era constantemente assombrada por tudo o que estava deixava para trás. Sua família, seus amigos, sua terra natal, e o balé, o único mundo que conhecera.

Nikolai já lhe dissera que seu primo lhe oferecera um emprego no Banco do qual era dono. Morariam em sua casa pelo tempo que fosse preciso, até que tivessem condições de ter um outro lugar para viver. Ao menos era reconfortante saber disso. Nikolai planejava assistir às aulas necessárias até que finalmente pudesse praticar a medicina em Vermont. Tudo parecia cuidadosamente planejado, apesar de Danina saber que levaria um bom tempo para alcançarem seus objetivos. Todavia, naquele momento, sair da Rússia era o único pensamento que ocupava sua mente. Vermont em si parecia tão distante que poderia até ser em outro planeta.

Uma semana antes da data da viagem, Nikolai foi visitá-la novamente, mais uma vez com más notícias. A czarina caíra doente alguns dias antes, estava exausta e sob muita tensão. Apesar do Dr. Botkin ainda estar com eles, Nikolai não se sentia capaz de abandoná-los como havia planejado. Sua viagem para Livádia fora adiada. Estava marcada para julho, e continuavam aguardando que seus primos ingleses concordassem em aceitá-los na Inglaterra. Até então esses primos ingleses não haviam firmado nenhum compromisso.

– Só quero que eles se instalem – Nikolai explicou, e pareceu-lhe razoável. Ficaram juntos durante uma hora, abraçando-se e beijando-se, sentindo apenas o conforto de estarem próximos. Enquanto isso, madame Markova preparou alguma coisa para ele comer e, agradecido, alimentou-se avidamente. A viagem desde Tsarskoe Selo fora longa e cansativa.

– Compreendo, meu querido, está tudo bem – disse Danina calmamente, segurando sua mão com força. Queria poder retornar a Tsarskoe Selo com ele, para vê-los novamente. Escreveu uma carta rápida para as grã-duquesas e Alexei, enviando seu amor e prometendo-lhes que se encontrariam novamente, e Nikolai dobrou-a cuidadosamente e colocou-a no bolso, para levá-la consigo.

Nikolai havia explicado a Danina todas as circunstâncias e o que a prisão domiciliar impunha. Podiam andar pelos

158

jardins ou qualquer outro lugar dentro dos muros do palácio. Contou-lhe que pessoas ficavam nos portões, observando-os, às vezes dirigindo-lhes a palavra, dizendo-lhes que os amavam ou criticando-os pelo que haviam ou não feito. Para Danina, ouvi-lo falar sobre aquilo era doloroso, e mais do que nunca queria poder estar em Tsarskoe Selo com eles, dar-lhes seu apoio também, simplesmente ampará-los.

Detestou ver Nikolai partir novamente naquela noite, mas sabia que ele retornaria. E trocou os bilhetes para um navio que partiria no primeiro dia de agosto. Nikolai prometera que até então estaria de volta a São Petersburgo. Foi incrível para ela, perceber que estavam esperando para viajar havia três meses, desde que a Revolução começara. Parecia-lhe uma eternidade, agora que continuava a esperar por ele.

A essa altura, algumas das bailarinas haviam retornado para seus países ou cidades, mas a maioria ficara. Todas as apresentações foram canceladas um mês antes, mas, quando madame Markova se restabeleceu, insistiu que as aulas continuassem normalmente. Convidou Danina para acompanhá-la na observação das classes e, pouco a pouco, o inchaço começou a sumir, mas não havia hipótese alguma de poder dançar. Ela já não se importava mais. À medida que o tempo passava, só conseguia pensar em Nikolai e em seus amigos. Quando Nikolai retornou, era o final de julho. Dessa vez, os planos para a família imperial estavam certos, segundo ele. A viagem para Livádia fora vetada pelo governo provisório por ser muito perigosa, pois eles passariam por cidadezinhas consideradas hostis. Partiriam para Tobolsk, na Sibéria, em 14 de agosto. Porém, ao dizer isso, Nikolai pareceu-lhe cauteloso. Havia mais a dizer, e ele não estava seguro de como Danina reagiria à decisão que tomara.

– Irei com eles – disse ele, tão suavemente que a princípio ela teve certeza de que não o havia compreendido.

– Para a Sibéria? – Ela pareceu chocada. O que ele estava dizendo? O que significava aquilo?

– Obtive permissão para ir com eles no trem e retornar imediatamente. Danina, não posso abandoná-los agora. Preciso fazer isso até o fim e acompanhá-los até estarem em segurança. Até receberem uma resposta de seus primos na Inglaterra, ficarão exilados em Tobolsk. Livádia teria sido muito mais agradável, mas o governo os quer o mais longe possível e alega ser para sua própria segurança. A família imperial está muito angustiada com tudo isso e a única coisa que me parece justo é ir com eles. Precisa entender. Eles sempre foram como uma família para mim.

– Compreendo – respondeu ela, com seus olhos enchendo-se de lágrimas. – Apenas lamento por eles. Os guardas os tratam de maneira decente?

– Muito. Vários empregados foram embora mas, além disso, dentro do palácio em Tsarskoe Selo quase nada mudou.

Porém, ambos sabiam que na Sibéria seria diferente e, como Nikolai, Danina preocupava-se com Alexei. – É por isso que quero ir – disse ele, calmamente, e ela assentiu novamente. – Botkin também irá e ficará com eles. A escolha foi dele e, de certo modo, me libera para deixá-los e retornar. – Quando ela acenou que entendia e estava grata, ele demonstrou que ainda tinha mais a dizer. – Danina – começou, e ela percebeu algo funesto no tom de sua voz, antes mesmo de pronunciar as palavras. Ela quase podia adivinhar o que viria. – Não quero que troque sua passagem novamente. Quero que vá dessa vez. É muito perigoso para você. Algo pode acontecer, especialmente aqui na cidade. Não poderei vir vê-la ou protegê-la quando estiver tão longe. – No seu caminho para a Sibéria, não havia como ajudá-la. Mesmo, sair de Tsarskoe Selo para São Petersburgo era uma dificuldade enorme. – Quero que parta para os Estados Unidos no primeiro dia de agosto, como planejamos. Irei para a Sibéria com eles dentro de algumas semanas e pegarei um navio sozinho, tão logo volte para São Petersburgo. E me sentirei muito melhor sabendo que está nos Estados Unidos, e que Viktor cuidará de você. Não quero nenhuma discussão, quero que faça o que estou dizendo – disse ele, parecendo quase inflexível, prevendo a resistência que ela ofereceria, mas ela o surpreendeu e, com lágrimas correndo pelo rosto, acenou que sim com a cabeça.

– Compreendo. É muito perigoso aqui. Irei... e você virá logo que puder. – Sabia que não tinha sentido discutir. Sabia que ele estava certo, apesar de doer-lhe muito partir sem a sua companhia. Mas, se seguiria para a Sibéria com o czar, talvez fosse melhor que ela partisse antes. – Quando acha que irá?

– No máximo em setembro, tenho certeza. E ficarei muito mais feliz sabendo que você estará a salvo e longe daqui. – Passou os braços em volta de seu corpo e abraçou-a enquanto ela chorava, desejando que chegasse o dia em que se encontrariam novamente. Ele sabia que Marie e os meninos estavam seguros e felizes por estarem na Inglaterra. Agora queria ter a certeza de que Danina também estaria em segurança. Sabia que seu primo cuidaria bem dela. Viktor prometera fazer o que fosse possível por eles. E Nikolai confiava nele completamente. Sabia que Danina estaria em boas mãos, o que aliviaria sua mente, enquanto ele acompanhasse a família imperial para Tobolsk e retornasse para São Petersburgo. Então, quando partisse de navio para os Estados Unidos, para ficar com ela, uma nova vida começaria.

Nikolai informara Marie sobre seus planos antes de partir e ela fora surpreendentemente compreensiva, prometendo-lhe que poderia visitar os meninos sempre que desejasse. Mas Nikolai sabia, como ela, que poderia levar anos até ter condições de retornar à Europa. Porém, a farsa de seu casamento durara muito tempo e, em seu coração, ele estava mais casado com

Danina que com Marie. O aspecto legal e os papéis não significavam nada para ele. Marie desejou-lhe boa sorte quando partiu, e os meninos choraram, como ele. Marie não verteu uma lágrima sequer e ficou feliz por finalmente sair da Rússia. Em seu coração, já o abandonara havia muito tempo. Nikolai se sentia livre para continuar a vida, tão logo cumprisse suas obrigações com a família imperial.

– Voltarei dentro de um ou dois dias – disse a Danina antes de ir embora – e poderemos ficar num hotel até você partir. – Queria estar com ela novamente, deitar-se com ela, segurá-la em seus braços, vê-la a salvo no navio. Demoraria mais um mês, ou dois, até estarem juntos. Porém, antes que ela partisse, ele precisava estar com ela. Passaram-se cinco meses desde que ela se fora de Tsarskoe Selo para São Petersburgo, quando madame Markova caíra doente, e parecia uma vida para ambos. Seu mundo mudara totalmente nesses meses, e ainda mudaria novamente quando se encontrassem em Vermont. Nada jamais seria o mesmo para eles, mas talvez fosse melhor, ao menos ele orava por isso. Nikolai teria preferido partir com ela, mas sua consciência nunca o teria permitido. Precisava acompanhar a família imperial até estarem seguros e salvos. Pelo menos lhes devia isso, depois de toda a bondade e consideração com que sempre o haviam tratado e dos muitos anos que trabalhara para eles.

Como planejado, Nikolai partiu naquela noite e voltou a São Petersburgo três dias antes do embarque de Danina. Quando chegou, ela observava uma aula com madame Markova, e uma das alunas entrou, sem fazer barulho, para avisá-la. Danina olhou instintivamente para a porta, e viu Nikolai observando-a. Soube, então, que as despedidas que tanto temia começariam. Era hora de partir. Sentiu a tensão repentina de madame Markova, sentada a seu lado. Danina olhou para ela por um longo momento e, depois, andou vagarosamente até ele, sem mancar. Suas malas estavam arrumadas no quarto, e ela estava pronta. Enquanto guardava seus últimos pertences, ele a esperava no hall. Madame Markova veio unir-se a ela e observou suas valises. Tudo o que Danina possuía coubera facilmente em duas malas velhas. Enquanto ela olhava para sua mentora, por um longo instante, nenhuma delas falou. Danina não tinha condições de falar, e a mulher que fora como uma mãe para ela, durante 15 anos, parecia extremamente infeliz.

– Achei que este dia nunca chegaria – disse a velha senhora, numa voz trêmula. – E nunca pensei que a deixaria ir, se acontecesse... Agora estou feliz por você. Quero que fique bem, Danina. Precisa ir embora.

– Sentirei muito a sua falta – disse Danina, dando dois longos passos em sua direção e envolvendo-a em seus braços. – Voltarei para vê-la. – Porém, no fundo de seu coração, madame Markova sabia que não viria. Não conseguia acreditar, olhando para a menina que amara, uma mulher agora, que ela jamais voltaria. Sabia, no fundo de sua alma, que aquele era o último momento que teriam juntas.

– Nunca se esqueça do que aprendeu aqui, do que isto significou para você, de quem você era enquanto esteve aqui... e quem sempre será. Danina, leve isso em seu coração. Não pode deixar isso para trás. Faz parte de você agora.

– Não quero deixá-la – disse Danina, com uma voz angustiada.

– Precisa. Ele a encontrará quando puder, nos Estados Unidos, e você terá uma vida boa com ele. Creio nisso. E desejo isso para você.

– Gostaria de poder levá-la comigo – Danina murmurou, agarrada a ela, querendo ficar para sempre.

– Você me levará com você... e uma parte de você sempre estará comigo. Aqui. – Apontou para seu coração com um dedo gracioso. – Está na hora, Danina – disse ela, soltando-se e segurando uma das valises enquanto Danina pegava a outra e a seguia lentamente para o corredor onde Nikolai aguardava. Ele percebeu imediatamente como o momento era difícil para ambas e pegou as valises para liberá-las.

– Está pronta? – perguntou a Danina gentilmente. Ela acenou que sim com a cabeça e caminhou para a porta de entrada enquanto madame Markova a seguia lentamente, observando-a, saboreando cada segundo final.

Quando a alcançaram, a porta abriu-se e uma criança entrou. Tinha 8 ou 9 anos e trazia uma valise, com sua mãe orgulhosa ao seu lado. Era uma linda menina com tranças louras, e ela olhou para Danina com um ar de expectativa.

– A senhora é uma bailarina? – perguntou, orgulhosa.

– Eu era. Não sou mais. – Custou muito a Danina dizer aquilo. Nikolai e madame Markova a observavam.

– Serei uma bailarina e viverei aqui para sempre – disse a criança com um sorriso.

Danina assentiu, lembrando-se do dia em que chegara. Porém, no seu caso, tivera muito mais medo em que essa criança, estivera muito menos segura e era consideravelmente mais nova. No entanto, não tivera uma mãe para acompanhá-la.

– Acho que será feliz aqui – respondeu-lhe Danina, sorrindo em meio às lágrimas, com madame Markova observando-a. – Precisará trabalhar muito. O tempo todo. Todos os dias. Deverá amar isso mais que qualquer coisa no mundo e estar disposta a abandonar tudo o que gostar de fazer e tudo o que desejar, tiver e pensar... Isso deverá ser toda a sua vida agora. – Como explicar isso a uma criança de 9 anos? Como fazê-la querer aquilo mais que qualquer outra coisa na vida? Como ensinar-lhe a sacrificar-se e entregar-se até quase morrer? Ou melhor, chega-se mesmo a ensinar isso? Ou é preciso nascer assim? Danina não tinha a resposta. Simplesmente tocou a cabeça da criança quando passou por ela, e olhou para madame Markova com lágrimas nos olhos. Sabia menos ainda dizer adeus, depois dos anos de sacrifício, de doação e de amor. Como se abandona tudo isso, quando termina? Para ela, era o fim da história. A dança havia acabado. Para aquela criança, estava começando.

– Cuide bem dela – disse madame Markova, suavemente, para Nikolai quando a menina e sua mãe passaram por eles. E depois, com uma última carícia da mão de Danina, madame Markova virou-se e distanciou-se com um ar solene, para que não a vissem chorar. Danina ainda a observou por um longo momento e depois, andando lentamente, atravessou a porta pela última vez, um pé após o outro, até estar do lado de fora como qualquer outra pessoa no mundo. Já não era parte do balé, não pertencia mais àquele lugar, e nunca mais voltaria a pertencer. Era o momento que ela temera durante toda a sua vida, e havia chegado. Não era mais parte do mundo deles, deixava-os para sempre. Não havia como mudar isso, não havia retorno. E a porta se fechou silenciosamente atrás dela.

10

Passaram o último dia em São Petersburgo andando pelas ruas, indo aos lugares que apreciavam. Foi uma ladainha de memórias e tormentos, e subitamente Danina não conseguia lembrar a razão de estar partindo. Ambos amavam tanto aquele lugar, por que desejariam ir embora? Mas não podiam iludir-se mais. Era perigoso ficar. O tempo na Rússia estava terminado. Não era mais possível ter uma vida ali. Menos ainda, com a Revolução em pleno progresso. Porém, sem isso, Marie teria ficado casada com ele. Danina não teria para onde ir sem o balé. Precisavam navegar milhares de milhas de distância, para um mundo novo, para uma vida juntos. E ambos sabiam que valeria a pena. Contudo, era extremamente doloroso partir. Dali a mais um dia, ela estaria a bordo do navio e dentro de um mês ele também viajaria, e poderiam começar sua vida juntos. De certa forma, parecia uma grande aventura. Contudo, ela ainda estava desesperadamente triste por deixar a Rússia.

Naquele dia, hospedaram-se num hotel, usando o nome dele, e ao saírem compraram um jornal e leram, assombrados, as notícias. Era tudo muito assustador. Era impossível ignorar.

Jantaram no quarto naquela noite, grudados um no outro naqueles momentos que podiam partilhar, querendo estar sozinhos nas suas últimas horas. Tinham tanto a dizer um ao outro, tanto para sonhar e prometer. Os dias e noites que compartilharam passaram muito rápido. Quase não dormiram nesses últimos três dias, não querendo perder um instante do convívio. A bagagem de Danina estava arrumada, com seus poucos objetos de valor e lembranças prontos para partir com ela. Nikolai também mandava duas de suas malas por ela, talvez para comprovar sua ida posterior. Ela estava levando até os vestidos com que a czarina a presenteara, apesar de saber que faziam parte do passado, como tudo o mais.

Danina às vezes pensava em como eles explicariam a seus filhos, se os tivessem, como suas vidas tinham sido. Tudo pareceria um conto de fadas para eles, como para ela. Talvez tudo o que podiam fazer era esquecer; guardar as lembranças, os programas do balé, as fotografias, os vestidos, as sapatilhas de ponta, e limpar seu pó de vez em quando, para relembrar. Quem sabe até isso fosse doloroso demais. Sabia que, quando deixasse São Petersburgo, precisaria fechar a porta do passado para sempre.

Foram para a cama cedo na última noite e ficaram abraçados o tempo todo, quase sem dormir. Logo o sol se levantou, e saíram da cama pela última vez, com uma expressão de tristeza. Danina já previa sua solidão da ausência dele.

O porteiro carregou suas malas e os dois baús que levava para ele, e ela sentiu-se como uma criança deixando o lar para sempre quando a porta se fechou suavemente atrás dela.

– Prometo a você, Danina, irei logo, não importa qual seja a situação aqui. Nada me impedirá. – Leu sua mente e reafirmou tudo para ela no carro, a caminho do navio. Ela se sentiu doente pela preocupação por deixá-lo, especialmente sabendo que ele viajaria para a Sibéria com o czar, a czarina e os filhos, e depois retornaria para São Petersburgo.

Ele a ajudou a embarcar no navio e instalou-a na cabine. Ela a dividiria com outra mulher que ainda não havia chegado, e Danina escolheu seu beliche. Mas, ao deixar Nikolai um pouquinho, veio-lhe um grande pavor de fazer a viagem, e ela lhe contou. Sem ele, estaria desesperadamente só, e temendo constantemente por ele.

– Sentirei sua falta – disse Nikolai, sorrindo amorosamente. – A cada momento. Cuide-se bem, minha querida. Estarei com você em pouco tempo. – Caminharam para o deque quando o apito do navio soou, avisando aos visitantes para descerem para a terra, e ele a abraçou por um longo momento. Para eles, não importava mais quem os visse. Aos seus olhos, eram marido e mulher. – Eu a amo. Lembre-se disso. Partirei logo que puder. Mande lembranças minhas para meu primo. Ele é um pouco chato, mas muito gentil. Gostará dele.

– Sentirei muito sua falta – disse Danina, com lágrimas nos olhos, incapaz de contê-las.

– Eu sei – disse ele docemente –, eu também. – E beijou-a longa e ardentemente enquanto o apito do navio soava pela segunda vez e começavam a retirar as pranchas de embarque.

– Deixe-me ficar com você – disse ela quase sem respiração, em seus braços, tentando repentinamente convencê-lo. – Não quero deixá-lo. Talvez permitam que eu vá com você para a Sibéria. – Ela faria qualquer coisa para ficar com ele.

– Nunca a deixariam, Danina, sabe disso. – Não queria dizer-lhe que era perigoso, mas isso não era um segredo para eles. Ele a queria a salvo em Vermont, por mais que a desejasse perto dele.

– Lembre-se do quanto eu a amo – disse ele. – Lembre-se disso até eu me unir a você. Eu a amo mais que tudo na vida, Danina Petroskova... – Era a última vez que ele a chamaria assim. Haviam concordado que em Vermont ela usaria seu nome, Obrajensky, para que ninguém jamais soubesse que não eram casados.

– Eu o amo tanto, Nikolai. – E, quando disse isso, instintivamente tocou seu medalhão. Estava ali, seguro em seu pescoço por debaixo do suéter.

– Verei você em breve – prometeu-lhe pela última vez, beijou-a rapidamente e correu até a última prancha de embarque, enquanto ela se dirigiu ao parapeito e o observou pular para a doca e ficar ali, olhando para ela.

– Eu amo você! – gritou ela. – Cuide-se! – Acenou para ele com a mão, e ele acenou de volta, fazendo para ela um "Eu te amo" com os lábios. Momentos depois, o grande navio começou a mover-se lentamente, afastando-se da doca, enquanto ela sentia seu coração bater forte e se perguntava por que fora tão estúpida e se deixara convencer a partir sem ele. Tudo lhe parecia errado, mas ela sabia que precisava ser corajosa, por ele. Haviam passado por muitas coisas juntos; ela poderia fazer um pouquinho mais, permitir que ele terminasse seu trabalho ali, desse seu último apoio à família imperial, e depois se unisse a ela em Vermont para começarem sua vida juntos, como marido e mulher.

Danina acenou para Nikolai até não conseguir mais vê-lo. Ele ainda estava ali, acenando para ela, alto, orgulhoso e forte, o homem a quem ela entregara seu coração dois anos antes e a quem ela sabia que amaria para sempre.

– Eu o amo, Nikolai – suspirou para o vento. Depois ficou ali por um longo período, com lágrimas correndo pelo rosto, pensando nele e segurando seu medalhão. Ela nem estava certa da razão por que estava chorando. Ele estava certo. Tinham tanto pela frente, para esperar e desejar, tanto a agradecer, tanto aguardando por eles em Vermont. Tudo estava começando. Não havia razão para chorar, exceto que, em algum lugar em seu coração, ela sentia muito medo de tê-lo visto pela última vez. Porém, não havia razão para pensar assim. Era uma bobagem, disse a si mesma; olhou para o céu e viu as últimas gaivotas passando. Não poderia perdê-lo agora. Isso não poderia acontecer. E, com um suspiro e um último olhar para sua terra natal, pensando nele, encaminhou-se lentamente para sua cabine. Não podia perder Nikolai, disse a si mesma. Não importava o que acontecesse a eles, sempre o amaria; não haveria como um perder o outro.

Epílogo

As respostas, como sempre, estavam ali, meu quintal. As cartas estavam traduzidas, e eram todas cartas de amor de Nikolai Obrajensky para minha avó. Cobriam um período de tempo e contavam uma história que tocou meu coração quase tanto quanto a ela, durante toda a sua vida. As cartas explicavam tudo claramente.

O restante, ouvi de duas de suas melhores amigas, vizinhas, quando retornei a Vermont, no verão seguinte, para ver a casa e passar uma semana ali com meus filhos e meu marido.

Encontrei os vestidos da czarina num baú no sótão. Nunca soubera que estavam ali. Ainda estavam no mesmo baú em que os trouxera, desbotados e com o arminho amarelado e, mais de sessenta anos depois, pareciam fantasias. Surpreendi-me por nunca tê-los encontrado nas minhas buscas quando criança, mas o baú era velho e gasto e estava escondido num canto do sótão. Os baús dele ainda estavam ali, também inteiros, dois deles, com uma bela etiqueta, dizendo DR. NIKOLAI OBRA-JENSKY. Ela nunca tivera coragem de desfazê-los quando chegou em Vermont.

Os programas do balé tinham um novo significado para mim, assim como as fotografias dela com as outras bailarinas. E as sapatilhas de ponta pareciam algo sagrado. Nunca percebera o quanto eram importantes para ela. Sabia que havia dançado, mas, de algum modo, nunca entendera o quanto ela dera de si. Tentei explicar aos meus filhos, e seus olhos se arregalaram quando lhes contei a história. Quando mostrei a Katie as sapatilhas de ponta e disse-lhe que haviam sido da vovó Dan, ela debruçou-se sobre elas e as beijou. Minha avó teria sorrido ao ver.

E, como temera ao partir no navio, em setembro de 1917, ela nunca mais viu Nikolai. Ele foi para Tobolsk, na Sibéria, com a família imperial, como prometera, e ficou preso. Não lhe foi permitido mais sair, e mantiveram ele em prisão domiciliar. Sua devoção a eles custou sua liberdade e, em julho de 1918, foi executado com eles. Uma carta breve, de alguém cujo nome não reconheci, informou minha avó sobre isso, quatro semanas depois. Só posso imaginar o que a leitura da carta deve ter feito a ela. E, depois de todos esses anos, quando li a tradução, chorei. Ela deve ter se sentido como se morresse com ele.

Contudo, antes de morrer, sua última carta lhe avisa dos rumores a respeito da execução. Por mais cruel que pudesse parecer naquela época, ele procurara prepará-la. Na verdade, tinha um tom surpreendentemente alegre e forte e dizia-lhe que ela precisava seguir em frente, encontrar a felicidade em sua nova vida e lembrar-se dele e de seu amor com alegria, não com tristeza. Dizia-lhe que se casara com ela em seu coração desde quando se conheceram, e ela lhe dera os anos mais felizes de sua vida, e que sua única lástima era não a ter acompanhado. Naquele dia, ela deve ter compreendido que nunca mais o veria. Ainda assim, o destino não poderia ser alterado. Nem o dele, nem o dela. Ela estava destinada a uma outra vida, com todos nós, num lugar bem distante da história que compartilhara com ele. E ele não estava destinado a ficar com ela.

Seu pai e seu último irmão foram mortos no final da guerra. E madame Markova morreu de pneumonia, dois anos após minha avó tê-la visto pela última vez.

Ela perdeu todos eles, um por um, irrevogavelmente, perdeu tudo; uma vida, um país, uma carreira, um monte de pessoas preciosas... o homem a quem amava, a família, e a dança que amara tanto, acima de tudo.

Ainda assim, ela nunca passara nenhuma sentimento de tragédia, tristeza, sofrimento ou pesar. Deve ter sentido uma falta terrível de todos, especialmente de Nikolai. Seu coração deve ter doído muitas vezes, de tempos em tempos, e ainda assim ela nunca me contou. Era simplesmente a vovó Dan, com seus chapéus engraçados e seus patins, seus olhos brilhantes e seus biscoitos deliciosos. Como pudemos ser tão estúpidos? Como pudemos achar que ela era só aquilo, quando havia muito mais? Como eu poderia imaginar que a pequena mulher nos vestidos pretos puídos fora aquela pessoa um dia? Por que achamos que os velhos sempre foram velhos? Por que não a imaginei no vestido de veludo vermelho, enfeitado com arminho, ou dançando *O lago dos cisnes*, para o czar, em suas sapatilhas de ponta? E por que ela nunca me contou? Ela guardara esse segredo para si.

Ela morou com o primo de Nikolai durante 11 meses, aguardando sua chegada, e mais um mês, até ser informada de que ele fora executado. Como Nikolai prometera, seu primo foi bom para ela. Um homem quieto, com suas próprias lembranças, seus próprios lamentos, suas próprias perdas. Ela deve ter representado um raio de sol para ele. Ele era 25 anos mais velho que ela. Tinha 47 anos quando ela chegou, aos 22. Deve ter parecido uma criança para ele. E ele sempre deve ter sabido o quanto Nikolai significava para ela. Cinco meses após a morte de Nikolai, 16 meses após sua chegada a Vermont, ela se casou com o primo de Nikolai, meu avô Viktor Obrajensky. Até hoje, não sei realmente se ela o amou. Suponho que sim. Devem ter sido amigos. Ele sempre foi bom para ela, apesar de falar pouco, e ela falava dele com carinho e admiração. Mas não posso deixar de pensar, agora, se ela amara meu avô como havia amado Nikolai. Duvido um pouco, apesar de que, a seu modo, acho que ela o amava. Nikolai fora a paixão de sua vida, seus sonhos de juventude tão cedo terminados.

Tantas coisas que nunca soube... tantos sonhos que nunca imaginei. Ela era um verdadeiro mistério. Agora, possuo as peças... o baú... as sapatilhas... o medalhão... e as cartas... mas ela guardou o restante consigo, as lembranças, as vitórias, as pessoas a quem tanto amou. Só lamento ter sabido tão pouco sobre ela enquanto estava viva, conhecer tão pouco sobre seu passado.

Vovó Dan, a mulher que foi para mim, viverá em meu coração para sempre. A mulher que foi antes disso pertenceu a outras pessoas. Eles a levaram consigo, e ela os manteve perto dela, em seu coração, em seu espírito, nas cartas e num medalhão. Devia ainda amá-lo, pois levou as cartas consigo para o asilo, com o medalhão e sua foto. Lá, deve ter relido as cartas, ou, talvez, após tantos anos de leitura já as soubesse de cor.

E, agora, quando fecho meus olhos, ela não é velha... seus vestidos não são pretos ou puídos... ela não está mais assando biscoitos... está sorrindo para mim, tão jovem e bela quanto foi um dia... e está dançando em suas sapatilhas de ponta enquanto Nikolai Obrajensky sorri e a admira. E acredito que, de certa forma, eles finalmente estão juntos.

fim